U0076576

# 刺蝟登門拜訪

許瞳

推薦序——

# 筆尖是刺，文學是刺，活著也是刺

李進文・詩人

讀許瞳的新作，想起日本學者前田愛研究的「都市空間中的文學」或「文學中的都市空間」，有個大哉問是：「讀者與作者是如何在都市空間中相遇的？」只有讀者回應了，作品才會發生意義。所以，你和許瞳會如何相遇？

當她移動於各式空間——小至自己的房間（和另一個賃居的房間），到成長的臺北城空間、闖蕩的異國都市空間，她解讀、她轉譯（她開始探索其他語言）……她打開十九二十歲的柵，釋放如獸之青春衝出閘門，心的空間蹄聲達達，記憶奔馳——這是她「來自都市空間的青春訊息」，聽見訊息就能相遇。

如果兩年前《裙長未及膝》是青春文學，那麼這本《刺蝟登門拜訪》就不能全然以青春文學或成長文學視之，也許說是「都市文學」更切合些。

她像小刺蝟迷走於都市，透過「自我／社會」、「身體／都市」的碰觸與對話，在街道上、在城市裡、在友朋聚落間、在她冷靜旁觀的社群中，感覺自身與他者的刺，在柔弱的肌理感覺隱隱的剛硬之痛、叛逆之疼。

筆尖是刺，文學是刺，活著也是刺，「順向為毛，逆向為刺」，順撫其文字是溫馴的小獸，但她經常在你閱讀中瞬間轉個方向讓你被刺中。她要你知道「你以為的，她不那麼以為」吧，就像她把散文、類小說、新詩融為一冊，是對體例規矩的不規矩，就像她對情感的認知：愛轉個方向就是不愛，沒有模糊地帶。愛在空間中也許是時間的錯覺。

青春是甜酸交織的隱密空間（容器）；青春是都市空間中的文本與足跡；青春包括了月光物語與待解符號；……這些，都在書中或者溢出書外。然而她的文字危險，別以為青春是迷糊的，「我有電／醒著的時候別靠近」，進入她的「空間」得小心，有刺。

# 登門推薦——

**La double vie de Véronique**

北一女的許瞳，前一刻還在國家圖書館演講廳，正襟危坐對著偶像朱天心和三百位觀眾分析朱天心的小說；下一刻卻已匆匆趕赴補習班衝刺學測，用參加畢業舞會、彩虹遊行、限時拍賣的快意心情。台大的許瞳，繼續用文字和讀者交換想法。有時的她，讓人想起老愛皺著眉頭的大學生胡晴舫；有時的她，又好像面對鏡子努力雕琢舞藝的大學生蔡依林。所有早慧的人，都活在偌大反差裡，差別只在於是否悠遊其中。這本書的讀者，應該也一樣。

——胡衍南・教授

《刺蝟登門拜訪》裡盡是些不能說破的祕密——那些我們被時光蹂躪之後的餘燼、在發表台上支支吾吾、言不及義的成長痛楚，許瞳替我們說完了。然而我們必須在一切潰堤之前收起毛刺，才能在生活搖盪的支點上若無其事。

——段戎・詩人

青春因為書寫而坐大，田野日誌有時比事後的闡釋更可貴。許瞳果敢的迎向「現在」的美學，驚奇於日常，感知以慧心，寫下青春的田野日誌。不因長大而世故，不因知識的洗禮而猶疑，而是在勃發的感性上融入更為銳利的知性。旁人「只道是尋常」，許瞳卻能為我們發現消失點、刺點以及介於虛實之間的刺蝟。

——唐捐・臺大中文系教授

讀了《刺蝟登門拜訪》讓我想起自己十八、九歲的日子，那時已然有些失去與告別悄然發生，亦有許多難解的問題正在天空上頭盤旋，但當時的我卻未能意識。許瞳的寫作中有時條理分明、井然有序，有時又僅以直觀的情感與生活互動，如同感性與理性的辯證，試圖讓不安能有所安放、讓不解能有所釋然。我想許瞳在時空間交錯的經歷中，完善地用細膩的感知捕捉了這樣充滿裂縫的年紀，以及那些值得自己在乎的人事物。

——陳繁齊・作家

輕重之間，弦外之意。少女存著老靈魂，活一種老派的青春。

——許菁芳・作家

# 寫在之前

活了十八年，不曾成為偶像，卻已有了包袱。

在上本書《裙長未及膝》出版、長達兩年名為「休息」的停滯過後，我想起Bob Dylan的警句：

Never create anything.

It will be misinterpreted, it will chain you and follow you for the rest of your life.

他說得對極了。只不過，誤解作品與記憶的，往往並非觀者，而是自己。

寫作的困窘在於，無時無刻人們都能透過句子，初識過去「仍然新鮮」的自己。

《裙長未及膝》裡那已完成的進行式，之於初次翻開書頁的任何人依舊滾燙，然而之於我，它卻如兩年前代謝的斷肢，靜靜在海溝裡長成一具新的軀體。如今它活蹦亂跳，甚至要爬過我的身體，如一則既古老又遙遠的故事，提醒我在汩汩的時間中，自己已消沉得開始乾涸。

生命就是容量與填充物的無限輪迴——為了拍更多照片而買大容量手機、為了備份手機大容量的資料而買更大容量的筆電；為了裝進更多食物而買大冰箱、買了冰箱再填入更多更多冷凍食品。寫作後有了一些追蹤者，卻因有了更多追蹤者，而變得只惦記著要設計「能吸引關注」的貼文。我恐懼「目的性」將逐步侵蝕文字，因預設的「目標讀者」嗷嗷待哺，而將曾經所有自己說說便能滿足的囈語硬轉成了廣播。

寫作的目的究竟是什麼？

近日看的一部日劇裡，自負的小說家說：「促使我寫作的是使命感。」滯銷的作家則說：「我只是單純地喜歡小說，所以想要寫下去罷了。」仔細想來，對於寫作，我毫無使命感可言，若分析零用錢消費統計，花在昂貴咖啡與打卡名店上的錢，也要比買書多上百分之十——看來我也沒那麼著迷於文學。那麼，在我變得盲目追求觸及率與關注度之前，為何要日以繼夜地寫？是了，促使我寫作的，僅僅是向回憶訴說「Hello」與「Goodbye」的快感罷了。思考如同蹲廁，我享受完成一篇文章時如釋重負的舒暢。只有在寫作之時，我才能毫無顧忌地迎接虛構、並告別真實。

虛與實、送往迎來。在情緒與季節同步更迭之時，我發覺生活與寫作一樣，在一個個「時代」之間反覆說著Hello與Goodbye。

不只是文字上的，心靈上的我們也準備與過去告別。高中以上大學未滿，Hello與Goodbye之間不上不下的空窗期，忙碌過後閒下來的我們耍廢、待業。正準備開口嘲笑，我卻心驚膽跳地，在友人的書桌下找到了打包一半的行囊。是呢，在我鄰座坐到屁股開花的友人們就將跨越海洋，尋找下一張能呆坐四年的椅子。人生就是不斷玩著Musical Chairs，搶著隨歲月而越來越少的椅子，在起立、坐下的過渡音樂間虎視眈眈。

十八九歲的轉捩點，姑且用老掉牙的「Gap Year」一詞稱之，我們百無聊賴地躺在候機室，才剛一把鼻涕眼淚地離境道別舊友，便將要旋身入境迎接新識。我們不捨、我們期待，但此時此刻，我們什麼也不願多想。人生如臘肉成串、煙燻風乾，段與段之間以無數個Gap Year綿延。僅有此時，我們得以小小耍賴，如陳綺貞唱的：「我想追，我想逃，其實我也害怕。可不可以就這樣停下來，我要多一點時間好讓我再想一想。」

生活也罷，寫作也好，都不僅是「浪」。我們這個世代人很喜歡用這個詞，「浪」，不負責任、遊盪式的生活哲學。過去我寫字瞎搞胡鬧，如同《魔女宅急便》裡十三歲的見習魔女義務逃家；《裙長未及膝》是我在雷電交加後，誤打誤撞找到的靠海城市。然而，能使我豐饒的文字，亦使我病入膏肓——當初來乍到的人們無限慷慨地分享結識《裙長未及膝》的喜悅，我卻因奮不顧身想要遠離它的慾望而時空錯亂。

喜歡的日本藝術家草間彌生在自傳《無限的網》裡寫道：「惡魔是藝術的對手，亦是藝術的夥伴。惡魔只棲身在自由裡面，當一切塵埃落定，便會馬上消失。」

寫作不能只是浪，浪到一個能建立狐群狗黨的安樂窩，便躺著等來往的路人對你說Hello。我曾如小魔女琪琪高燒忘記如何飛行，然而，我在難產的病榻中，意識到該是時候「向他者的Hello說Goodbye」。因寫作而染上的病必須以寫作醫治，於是我打開新的Word檔，決心讓這場惡夢再來一遍，我想再一次鼓起勇氣，用文字好好說Goodbye，用句子好好說Hello。

臺北今日有雨，如霧。

雨如松針降落肩膀，細細密密覆蓋全身，不撐傘如我，在雨中成了刺蝟。
雨帶著我進教室，針葉遮去了我柔軟皮囊。
狼狽與躁鬱之外，其實我願給予更多脆弱與溫柔。
原諒我在這樣下雨的天裡，試圖擁抱誰的時候，總是相互刺傷。

# 目錄

輯二

## 消失點

搭上了不到底站的末班電車，城市廣闊起來。

輯三

## 刺點

你活，當刺蝟登門拜訪。

輯四

# 裸眼散步

原諒我在這樣下雨的天裡，
試圖擁抱誰的時候，總是相互刺傷。

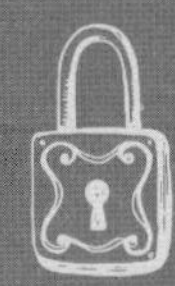

# 輯一・毛刺

將筆收進背包，日子如芒在背。

所有話語都能被譜成歌，每一瞬間都被挽留為照片。

空去的被褥是輕羽絨，耽溺在那自顧自的孤獨之中。
寂寞太廉價、付出也是，你能說的故事不多，
所以下不了的結尾，只好綁在命運的樁上。
而綁住了樁，漂泊便成了一種責任。
「好久不見」是下次見面才能說的話，
流浪專屬於曾經有家的人。

當你說：「好久不見，自從你離開流浪過後。」
你自己打了死結、然後讓自己長成了樹根。
樹葉、季節、誰所留下的杯子，穿戴整齊，它們會否成為枝椏？

# Hello Goodbye

或許是因為電影散場後又會再次開演，高潮迭起有時，總想留給彼此下次見面時寒暄的餘裕。

在他下車之後，我才終於認識了他。只不過沒像那部我們曾一起看的電影裡，與男孩同路回家的女孩那樣，追下月台抓住他的手臂。

他曾對我說過要一身孑然地離開家，所以要好好讓每一段緣分了無牽掛。那時我還沒想那麼多，以為自己不會將自己定位在他的守備範圍，只開玩笑地回答：「是啊，若像起司牽絲，一直牽下去那有多狼狽。」認識多年卻交情不深，估計即便餞行飯局續了又續，分別也不會太過纏綿。然而，當他下車的那刻，我卻多回了一次頭。

原來所謂「牽絲」，是某個內化成了自己的部分開始遠離時，才能驗證的道理。

吃不完的食物他善後、未完成的歌單他當共同作者、想看的電影通常如出一轍：我們一搭一唱，默契好到在人前被笑天作之合。我們有自己的狐群狗黨，一起鬧的時候可以勾肩搭背，然而白天太過光亮，我們竟無法清醒面對彼此，只好可悲地裝瘋賣傻，營造一場只有兩人的盛大。以前上社會學時，我們都迷John Berger。Berger曾說，社會是個冷漠劇場，每個人的角色都在觀看與被看之間游移，打破冷漠只有在成為「明星」的瞬間——任誰都能成為明星，只要奪得眾人的一絲注意——於是我們賣命表演、沒酒也醉，到頭來其實只為對方雜耍，因害怕太過沉默地做為另一人的觀眾，一不小心便被看透。

我曾對他說過自己喜歡披頭四，幼稚園老師教我們唱〈Hello, goodbye〉。

You say goodbye, I say hello.

Hello hello. I don't know why you say goodbye I say hello.

他笑說這首歌ㄎㄧㄤㄎㄧㄤ的，很沒邏輯。我說不知道，只覺得它旋律好聽。那時，我還是個只說Hello不說Goodbye的人，可以哈拉犯傻。和他混在一起，瘋狂正中空虛地欺瞞自己，事後才像宿醉般，讓沒出口的話回頭來折磨自己。狡猾如我，從沒好好和他說過再見，我們的相處像一再被攔腰斬斷的電子舞曲，過了幾個寂靜夜晚後又想重頭再播一遍。

當聽他說，幾月幾號就要離家遠行，我們之間早開始fade out。自以為是地約他餞行敘舊，事到臨頭，才惶恐這是多年來我們首次單獨出走。他說要帶我逛住了十八年的民生社區。我擔心最後一約，我們又要買醉充當不能好好說話的謊言，殊不知第一站，他就帶我去了他描述許久的房間。

民生社區好像永遠都在都更，舊的倒下，新的又起。窗外的磚房拆除中，他在牆上貼了幅窗前風景的小水彩畫。

「這是拆掉以前喔？」我指指畫中形狀完好的樓房問道。

「對啊，想說在它拆掉前畫下，比較不會忘掉。」他平淡地回答。

不知他會不會帶著這幅完整的記憶一起離家？

日落後照舊晚餐，他找了間我們沒去過的美式酒館。最後一次吃飯，我終於能自己吃完一份漢堡，飯後兩人共享一杯伏特加。看看時間是時候收尾，技術拙劣如我，只說還好啦你也沒去得很遠。他反常沒有開嗆，只說不知道欸心理距離還是會變。想起和他一起看臺北電影節的那陣子，挑的九部片有七部與他重疊，那時的我還調侃自己有留一手，剩下的那兩部獨自面對。電影散場走出獅子林，我想從今以後臺北只剩我一個人看電影，與他共有生命的九分之七就這樣揮發殆盡。

到了這個離別的夏季，未曾定義的情感才出現了道別的必要。幸虧他使人心傷的方式很溫柔，不會痛，因為他專心地要使人快樂、無暇顧及自己是否讓人憂傷。我也常想為何生命總不如所看過的那些愛情電影一樣，能奔跑、能在雨中哭號。那或許是因為電影散場後又會再次開演，高潮迭起有時，總想留給彼此下次見面時寒暄的餘裕。我們是相近的材質、沒有辦法傷害別人，然而亦無勇氣互相攀爬。

那時的我們在搖晃的公車上，左耳右耳共聽著歌，想起海風、可樂果，看著閃爍的火光，只是一切並沒能爆炸。到了分手之時才知道，我太愛說Hello，他總說Goodbye。Hello, goodbye。若無道別，哪來重逢；若有重逢，道別有時。

# 八月三十一

快樂看起來總是比較容易，寂寞的人最後終究選擇擠進喧嘩的人群中溫存，只因快樂的聲音讓自己看來比較快樂。

「認識新的人會不會很累？」

大一開學前的新生書院，最後一晚唱了八三夭〈最後的八月三十一〉。沒聽過那首歌的我，仍然偽善地隨著陌生的節奏揮舞手機內建的手電筒。暑假好像在這樣過於光亮的狀態下，便不知不覺地過去了，而我還沒設定好自己在人群之中的角色。

有段歌詞是這樣唱的：

暑假不知不覺離開青春場景
人生後知後覺跟著換季
明天後的自己／是不是我憧憬。

到底唱了這首歌的我離開或者開始了什麼，恐怕自己並不知道。新生始業典禮的夜晚，我們在幾架媒體攝影機下做了沒人會記得的新生宣誓，像一群被拖吊到起跑線前的中古車，還不確定要向哪跑便開始空踩油門。

那是最後的八月三十一了。

「最後」是什麼意思？從幼稚園升上國小，第一次背著外公送的大耳狗書包走進教室；從小學生升上國中，第一次有了制服和不可跨越的服儀規定；從國中升上高中，第一次經歷大考、選擇某種「入社會前置作業」的分類制度；從高中升上大學，這是最後的八月三十一了。在那之前，是滿心期待的含辛茹苦；在那之後，是不再能夠重啟什麼的一片空白。今天是最後的八月三十一了，我不知該以什麼表情面對。但為何身邊的人，都帶著彷彿有夢能夠實現的雀躍呢？

有夢想的人，他們都還沒有迎來故事的結局。於是所有的結束都是為了迎接開始，然後反反覆覆，直到時間的接縫變得朦朧一片為止。有些人期盼上了大學，遇到彷彿等待許久的那人；有些人期盼上了大學，能找到那棵能夠頓悟、使誰變得特別的菩提樹；有些人期盼上了大學，找到接近真實世界的舞台，巡演自己一路以來被人拍手叫好的一技之長。然而在這之前，我們是那麼心無旁騖地期待著「什麼」，等待至終，記憶只剩下挑燈夜戰的膠著，那些十八九歲連上了妝也勉強的少年少女們，他們所期待的只是「期待」本身、所等待的也只剩「等待」而已。

或許，最後的八月三十一是某場告別的聚會。

告別高中制服、告別教室裡銬牢行步的課桌椅。過去，我們揣摩該如何活得像個高中生，享受近乎斯德哥爾摩症候群的窒息快感，透過不自由傾慕自由、透過傾慕自由而在不自由裡鑽牛角尖。如今脫了襯衫拆了學號繡線，我們張牙舞爪地逛藥妝店、泡咖啡館、在身上貼滿左派運動的貼紙，練習如何活得像個大學生。說到底，生命的反覆就像新柏拉圖主義（Neoplatonism），我們永遠都在追求那不可抵達的、最理想版本的自己。

至於我呢，試著將自己投射進入那樣積極澎湃的情緒裡。除了送走幾個跨洋求學朋友的聚會外，幾乎是一個人度過暑假。假期結束前，我同所有大學新鮮人願者上鉤的美好錯誤，參加了系上的迎新宿營。

宿營初夜，晚會。學長姊要我們在晚會前換回久違的高中制服。六、七人一寢的女生宿舍，大家在凌亂的行李間有些生疏地匆忙扣上襯衫紐扣，把裙襬摺短、換上花俏的粗跟短靴、戴上浮誇的鐵圈大耳環——在離開高中、成為大學生的前夜祭，我們綴上不必要的飾品，試圖將過去未能展現的一切極大化。舞會上男男女女眉來眼去，穿著制服喝交杯啤酒。最後一個暑假還沒過去，光影間青年肉身的凹凸已望眼欲穿，汗水間有意無意的費洛蒙瀰漫——何以數星期前還生厭的舊制服，現在一穿卻顯得新鮮了？在這場與過去告別的聚會，我們把日常變非日常、習慣變偶然，那些昨日記憶全都成了今日的戰利品。

今日的戰利品是那些有意劃定的地盤、意圖接近的名字。但努力本身便是證明，不必在乎此時的一面之緣，因聚會過後新生活終將轉為平淡。認識新朋友，只不過是格式化舊記憶的一種方法。當我正準備在霓虹燈火中自我麻痺、隨人訕笑，電光石火間，有個女孩走來對我說：「我記得妳，妳怎麼會在這裡？」

是呀，我們為什麼會在這裡呢。一切無謂的舞蹈似乎都在告訴我們，一旦在抵達之後，來時徑好像便不再重要了。

想起暑假時在紐約MoMA美術館看到的馬蒂斯名畫〈舞蹈，1910〉，裡頭幾個鮮紅肉身的少年牽著手圍圈舞蹈，卻不見表情。在最後八月三十一的這場聚會，我們究竟想丟掉、或者得到什麼呢。

時間在這天之後便會變得愈發索然無味。所以把握最後機會，以最速成的方式體驗快樂、再現心碎。然而這類迎新活動，最感棘手的便是「感性時間」——短短幾日的相處、甚至淺淺積累十幾歲的生命，尚且無足掛齒，於是圍起圓圈，「夢想」在口中迴圈傳頌以填補等待未來的空白。於是夢想也即將成為耗材。

耗材是我們赴青春告別聚會的包裝紙，想像著如何在自我介紹中形塑自我，一面回首過往、以來時徑拼湊出獨一的「原體驗」。但所謂動機，其實也沒有什麼了不起的來由，過去那些反覆計算的數學題答案，也從未給出絲毫八月三十一以後的線索。但考卷與自修與備審資料，可以是夢想的自動生成器，至少成功形塑出一種理想，而順遂聚集在這裡的我們是這樣認為的。

晚會上，大我一屆的女孩說起她高中時好愛的五月天，隨著長大便不再敢聽了，因為裡面寫了太多關於夢想的詞，但夢想時常伴隨著受傷，使得那些歌現在聽來都酸酸的。夜裡，尷尬地圍著圈的我們沉默了一陣。

「啊，但也不用想這麼多啦，大學還是有可以期待的事情的。」到了這種境地，總會有人嫣然一笑這樣說。相信此刻多數人的興奮多過於憂愁，啊，大學生活就要開始了呢，說到底，這幾天的相遇為的不就是慶祝這件事情嘛。徬徨至極、反而自娛娛人地找個無傷大雅的樂趣，堆起啤酒罐，買醉掩飾季節遷徙的哀傷。

然而，我總是那在不該清醒時過度清醒的人。在時間的分段與分段間太過誠實，以致於面對困惑與恐慌時，自己跨不過檻，也無解於旁人的狂歡。

在這場最後的迎新派對裡，所有人看來都太過躍躍欲試，像群掙脫圍籬後徘徊森林的獸，每個人都在遮掩，假裝來到一座人類的聚落，卻也同時揣度著食物鏈、試圖狩獵。我藏不著對人語的生疏，姑且模仿著和大家一樣歡樂的舞步，甚至一時興起耍些心機撥弄身邊樹叢，想著，狩獵多好，狩獵顯得我們年輕，能這樣歡愉地跳著舞。

然而，狂歡後的狼狽襲來，回到床榻、脫下人皮使我感到如此不堪又羞赧。

或許進入社會這件事，便是學會像這樣面無表情地穿脫人皮、毫無情緒地與派對後的白噪音共處？在少年們川字的房間裡，我聽著身邊陌生身體的氣息。那些宿醉的人，或許也正為著什麼而寂寞、因未遠離過去的失足而懊悔。快樂看起來總是比較容易，寂寞的人終究選擇擠進喧嘩的人群中溫存，只因快樂的聲音讓自己看來比較快樂。

我們正在消耗自己。

八月三十一了，你說，那是我們人生的開學日，是過去的總結、還是未來的消費？你的時間是否斷裂、你的夢想是否腐爛、你的愛情是否設下網羅。過了今天，是不是就能學會勇敢悲傷，又或者遺失揮霍快樂的能力。

今天是我們的八月三十一。

# 腳踏車

移動往往是迫在眉睫的，移動伴隨著種種維繫關係的前置作業——即人們所言的「日常」。

是十月了。我在學校外的車行買了腳踏車。

買腳踏車這件事，猶豫了幾個月，他們玩笑似地說，買什麼腳踏車，沒有車給人載就好啦。然而，我向來不是個想擁有他人、勝過想於生活中置產的人。剛開學時，生活限制在Google地圖最佳路徑，從家裡出發搭幾站公車，再沿著淡水捷運線彎彎斜斜到學校，在幾間教室與幾小時枯燥的必修課之間往復——我從來都覺得自己是身不由己的，儘管每天都以讀書、工作、吃食當成活著的有效證明。

一個人走路看來多奇怪，向來偏好獨自一人的我，在察覺別人眼中孤獨的怪異後，更擔心原本就已動彈不得的自己，是否會因買了腳踏車而擁有搬運自己的能力後，便被世界棄置在大一女宿外的停車場裡。「要不要去買車呢？」那陣子我很想念某個離開臺北的人，於是拚命在唉居發文以這句作結。彷彿倘若那個誰在這裡的話，自己便不用如此舟車勞頓，但實則移動的風塵僕僕並非因人，只是因物品聚積而堆疊生活的勞累。

「去買腳踏車吧。」所有人都在貼文下以過來人的口吻留言。

「妳怎麼能靠一雙腳在學校活這麼久？」下課陪同學牽車，每個人見面的問候語都是「你車停在哪？」我說不我沒有車，我用走的就好。他們一臉詫異，我說沒事呀，其實我的教室都在附近。但事實是，我從不知道自己該往哪裡去，或者該說，去了哪裡都一樣。我賭氣般地想，沒有腳踏車，時間還是可以前進的呀。循著加法的積極態度面對消極的日子，將所有占有視為生命之上附加的存在，那麼，一切擁有都將因成為「非必需」而變得積極。

開學第一個月，我不斷夢見自己去年冬天得到的那台滑板車，我穿著大衣騎著它沿著磺溪滑下斜坡。夢裡的我不斷滑行，風吹涼我的鼻子，路邊的ＬＥＤ燈加速成一道光穴。疾駛而下，我自認斗膽能夠一躍而起，然而，斜坡到了尾端逐漸持平，我依靠著剩餘的加速度在柏油路上九彎八拐，沒有確切的目的地。

夢醒後查了床邊的解夢書，書上說：

To travel down the slide in a dream is a representation of losing balance or control of the situation around you. To slide down snow represents people who are acting cold around you.

生活是否暗示著，在試圖占有任何人之前，首先需要足夠空間占有物品，以此在人群中炫耀自己豐饒的安定感？抑或是生活的掌握度？仰賴於行事曆上，為了買支藍筆替芯活頁筆記本、去趟郵局轉帳寄信、甚或定期保養某件大型物品等等的例行事項？仔細一想，周遭人手機裡的限時動態除了日常便是用品，好吧，倘若尋找停車位、替什麼東西添油上鎖，能夠帶來一些話題、一些穩定，那就去買腳踏車吧。

腳踏車，除此之外我還需要些什麼？這裡的日子有嘉明鮮乳、飯糰與冰，從不缺什麼。只是走在路上得張望前後左右四竄的腳踏車，這個夏天總是差點被什麼撞上，新的生活充滿假動作。追溯我無從沒入生活的原因，或許便是因沒能掌握好自己的角色設定，於是無從引起共感。也曾想過，到底擁有哪些搭配，才能看起來更像個快樂青春的女大生。在書林買的厚重原文書？深棕色牛津鞋？Mac筆電和大螢幕手機？還是在公館附近挑選咖啡店和Live House的獨到品味？我想，腳踏車大概也是其中的必要學分吧。

於是秋天到了，我用自己第一份打工的薪水買了台黑色淑女車（這句子裡也精心安插了能使大人感加分的選字，如打工、薪水、黑色）。

買車大概就像養寵物，選擇喜歡的顏色尺寸，附帶挑選可愛配件。去車行和老闆說要買輛新車，他指指門口數台平庸無奇的大學生車款，說，就這些了——和買房擇偶一樣的道理，人們總偏好安全牌勝過於夢幻款，只不過我懷疑所有人都騎著平凡的車、穿著同家網拍的衣服，那麼，我們的身分認同又該如何做出區隔？

勉為其難地挑了一輛，附送了「火箭筒」（後輪中心外裝的兩個雙載用踏板）和Tiffany藍鑰匙鎖一副——就這樣，我輕易地有了負荷與綑綁自己的權利。想起自從小學聖誕節收到的那台粉紅色小摺之後，便再沒有過自己的車，大概是因這些年來從不需要、也不想要一個人移動吧。

然而，移動往往是迫在眉睫的，移動伴隨著種種維繫關係的前置作業——即人們所言的「日常」。腳踏車騎進了我行走的日常。接過龍頭，準備騎著新車回學校上課，我像個新手緊張忐忑，問老闆保養上有無什麼注意事項，他只稀鬆平常地叮嚀：「一個月回來一次，我會幫妳加油打氣。」加油打氣，我聽著會心一笑，從此生活有了一處定期進場維修的休息站，卻又多了一項「一旦沒做便使人自覺怠惰」的例行事項。

騎著新車的那天，臺北下起大雨，還沒學會撐傘騎車，雨水便把我與新車一併淋得糊塗。隔天在北車誠品地下街，買了個寫著「載」字的可愛鑰匙圈，再從家裡帶了幾張珍藏已久的貼紙妝點車身，像替嬰孩打扮的小媽媽。那是占有所帶來的幸福感嗎？有了固定的名字和累積的情感，物件大概是我日子裡僅存足以炫耀的存在了。

自從有了腳踏車，我開始期待接下來要往哪裡去。

例如體育課和班上同學一起沿著水源河堤騎車，傍晚飄著的細雨把我的髮尾裹得濕濕毛毛；例如下堂課之前拐進一條內行人才知道的暗巷，為找到停車位而沾沾自喜。從雙腳到車輪，行走的速度開始變奏，生活的視角不再顛簸緩慢，一切風景轉換得似乎平順暢通。我發現生活設備越是齊全，越是能夠營造日子平穩淡泊的假象，只有在每星期二騎車穿過小椰林去上法文課的那數分鐘，我才會記起沒車的生活那麼崎嶇，也才憶起獨自行走時，我曾花費多少力氣想念你。

然而，有了腳踏車卻沒能讓大學生活更有方向感一些。擁有一件大型物品，伴隨而來的，則是之於物件的不安與失去。

多了部車，卻少了能即興出走的理由。更甚者，前進的時候，好像一直在受傷。每天晨起得先複習一遍昨夜回家前，把車丟在學校哪個角落；出門前得尋找鑰匙、牽車前忐忑車子是否被偷被撞被拖吊。原先該是帶著「雙載」美好想像的火箭筒卡在車輪邊，卻成了個總是卡住別人車輪、撞痛自己小腿的累贅。腳踏車使我傷痕累累，所謂移動的軌跡，全是腳踏車打在小腿肚上的紫色咬痕。

幾年前在九歌年度散文選裡，特別喜歡李欣倫的那篇〈所有東西都黏在身上〉，裡頭大致寫道生命跡象總透過物品的囤積展現。十月了，我越來越常在學校裡弄丟東西、越來越肆無忌憚地隨處擺放自己的物品。想起許久以前曾寫過的極短篇小說，一個死不了的憂鬱症患者，之所以活下去的理由，只是為了生活裡還沒用完的日用品：「因為折價券總是沒用完、因為集點總是差兩格就可以不用補差價，他決定活下去。為了不浪費而活下去。」

這一年的十月之於我，不知為何是個難受的月分，是否因入了秋，卻尚未找到一處歸屬，能安置自己夏天結束以前的屍體，而靈魂卻已經如寄居蟹般爬進另一種生活裡了呢？現在，我找到了一個能放置物品的所在，也買了些東西囤積，想像自己是小時候讀的那本童話書裡，不斷往上漂浮的少女，必須藉由在身上堆置無用的東西而黏著於地面。

十月了，我騎著腳踏車。

# 出清臺大，公館面交

如果只是為了找一個主人、只是為了死時能瞑目，那麼，生命中的出清與認領，不過是出於同情的形式罷了。

大學是座校園，更是個大型市場，二十四小時開放。有人賣便有人買，各取所需、願者上鉤。

大一開學幾日，便被加進臉書一個非公開社團「出清臺大」。社團裡拍賣任何對於原物主而言無用的物件：網購尺寸不合的針織衫、系上舞會後不會再穿的小禮服、大學畢業後帶不離臺北的書櫃、擦了一次發現不襯膚色的紅色指甲油、甚至分食邊緣人不自量力訂的大尺寸披薩。

似乎是進到大學後才發覺，生命中許多東西僅需要四年的壽命。某段期間缺之不可，然而一旦時間移轉、來到再起程之時，物件便成了累贅，得要打電話請清潔隊回收，卻又跨不過那道情緒積聚的坎。這種時候，就上「出清臺大」為舊日心頭好找一處新家。

觀望許久，終於鼓起勇氣在「出清臺大」買了一件碎花立領古著長洋裝，九成新、已拆標。或許是擔心面交太像撿別人舊貨、抗拒見到衣物上殘留體溫的本人，我選擇店到店貨到付款。一週後收了包裹，連同洋裝，也把上一個曾經包覆的人一併寄來給我了——只是剩下一層薄薄軟軟的皮、一樣曾摩挲過腳踏車車身的百摺裙襬。我重複利用那具剪裁合身的人皮，繼續上學、繼續騎著腳踏車，休息時將它褪下掛在衣櫥裡。說到底，古著呀舊貨呀用剩的化妝品呀，都是無用而必須的情節，不斷在人與人間的衣櫃遷徙著。

陳綺貞唱著：

你的身體跟著我回家了／我把它擺在我的床邊

它曾經被你暫時借給誰／它現在靜靜的／躺在我的衣櫃

這樣的物質交換沒什麼不好，大學除了努力學習、認真向上，依舊要孜孜不倦地新陳代謝，直到找到能夠成為大人的精簡洗練。唯一美中不足的，是「出清臺大」禁止販賣活體動物。

逛社團觀望了幾週，遲遲找不到能引起我興趣的東西。既然這是個能夠「徵求」也能「販售」的平台，那麼，為何沒有人想過要販售感情與關係呢？例如，一日約會體驗、一日男友租用等貼心不失情趣的活動。這又與人口販子相去甚遠，畢竟這是個崇尚物盡其用的優質社團，為自己或他人找個合適的心上人又何妨？

昨晚做了夢。夢到自己辦了一個與共享經濟有關的社會企業，好像叫「夢想清單」什麼的。為了募資，還正經八百地寫了份提案書，寫到創辦理念啟發自「出清臺大」、經濟學課上學到的「腎臟交換」，以及幾個臉書上的技能交換平台。其運作方式大致如此：註冊該網站的會員同時能「提案自己的人生清單」與「參與他人的清單」，列出些因不得不現在完成、卻無從實踐的人生願望，尋找有相同願望的人共同劃去清單上的代辦事項。

（場景轉換到一場發表會上。）

打個比方，我們創辦之初經典的成功案例是「在大學一起雙載」這場活動。活動將參與者分成「後座」與「前座」兩群，用類似Uber的運作方式，開發一個「雙載APP」，參與者能在課間時段查詢車況，滿足被載或載人的需求，藉此達成一石二鳥、雙邊得利的圓滿效果。「青春必然會留下許多遺憾，曾經想要的制服約會、校園雙載、共吃一碗紅豆牛奶冰，有些事不做一輩子都不會做了，為了不留下遺憾，讓我們共同劃去彼此的願望清單吧！」

（我在講台上口沫橫飛地這麼說著，台下響起一片如雷掌聲。）

然而，夢中我依稀記得自己有些話沒能說出口。大概是那場莫名其妙的雙載活動結束後發生的事吧。團隊接到一通投訴電話，電話裡的女孩哭哭啼啼地說，她很後悔參加了這場活動，人生第一次的雙載目的性太過濃烈，一點也不浪漫、完全失去了雙載的意義。「這樣根本是為做而做而已嘛！太浪費了！」

被她一語驚醒後，我睜著眼躺在床上，突然又覺得「出清臺大」不賣活體動物果然是正確的，萬一真的有人在社團上賣自己的男女朋友、甚至賣自己，該怎麼辦呢？

如果只是為了找一個主人、只是為了死時能瞑目，那麼，生命中的出清與認領，不過是出於同情的形式罷了。

突然想起胡晴舫在《城市的憂鬱》裡寫的：「每個人都以自己的方式對某種價值表示虔誠，最後通通都坐在同一家餐館吃飯，搭同一輛公車，有時還買同一件外套，愛上同一個人。」

我們的群體就是臉書社團「出清臺大」吧。自己身上的部分一處處被拆封，身邊物件翻來翻去總是二手貨。被碰過一次的生命就是二手貨了喔，隨著轉手次數增加，附加價值好像越來越低，直到遇見一次復古風潮，潮流告訴我們舊的東西就是好的，於是開始挖掘起舊情人、老朋友、兒時回憶，嬌嗔著好懷念好懷念，結果一字排開，原來幾年前我們曾經喜歡過同一個男孩、搭過同個人的肩膀騎車，衣櫃裡也掛放著同一件洋裝。

人類間這種奇怪的連結，使我們有理由一鼻孔出氣，共同抱怨生活中的好與不好，抱怨某種共同生活的不便與焦躁，贊同某項產品的使用心得、分享過來人的讀後感，卻暗自得意自己手中的持有權、慶幸物換星移。如今是自己擁有把某種生活賣掉的權利，把自己看膩了的日常標註幾個好聽的形容詞：正韓、秋冬感、浪漫巴黎小碎花、優雅魚尾、焦糖瑪奇朵、乾燥玫瑰色，然後找個看不出瑕疵的傻瓜買單，接手你唾棄不已的舊人生。

但是呢，但是，儘管找了一個笨蛋接續這場自我陶醉的騙局，面交的時候，你果然還是會寂寞吧，畢竟，那一切都曾經是只屬於你的呢。

# 預支普通未來

或許二分法只屬於那些真正偉大的人，成名前與成名後。於是我們談論普通，用並不怎麼普通的語彙。

宇宙會從單一極點膨脹再縮小衰亡，這是真的。夢境與記憶不會有集合與解散的場景，這點也是真的。在去年的忘年會後，我感到自己將開始以最高速度膨脹，行走的人都將迅速遠離。

我們將要走入盛年，如今正預支普通的未來。想要不平凡的妳跨上機車後座，在終有盡頭的狹窄巷弄裡蜿蜒前行著。

深夜，我在古亭的咖啡店寫作，與陽明的昀通電話，聊課業的繁忙、與男友的摩擦、家庭關係及經濟狀況。她聲音裡那些聽來遙遠的詞彙，使我有些出戲，想起不過三年前，光是相差兩層樓、不同類組的教室，便要我們淚留滿面。如今各自盤踞兩條不同捷運路線的我們，已是相對幸運的，還能這樣沒有時差地在同一座城裡通著電話。哎，世界何時變得如此之大了，況且這樣的日子還能持續多久？總是想著擺脫平凡的我們，在那段凝滯時期結束之後，我們又記得多少呢？我們已經來到能看見時間正漸漸膨脹的年紀，高中那會兒再小的日子看來都像全世界，為了跳出井外而開始奮力奔跑的我們，明白現在平凡的時間是走向不平凡未來的過渡。至少我們是這樣想像的。

由鳥瞰視角回首自己的街道與年少，曾經龐大的東西逐漸縮小的過程最使人心疼。每當翻找過往的相片，總發現正在產出的記憶是生命高潮的鋪墊、時間軸上最易被省略的一段。如果日子終究被遺忘，那麼，我們普通地度過今天就好。談一場普通的戀愛、買一雙普通的鞋、吃一頓普通的飯(注)，生日別吹蠟燭也別互贈祝福。

注：此三句改自李維菁〈普通的生活〉。

年末與昀、典、樂恩開了四個人都上大學後的第一場忘年會，如往年那樣約在北車地下街。去時路上，我回想隨著時間的複雜化，我們每年所要忘記的事物正無限增植。將來我們所在的學校、使用的語言、身邊的戀人、心中的煩憂都將越來越與彼此無關。或許因為如此，今年的我們依舊選擇吃著與去年相同的食物，在相同的便利商店買啤酒、在相同的廣告看板前集合拍照。像這樣四人到齊的忘年會還能有幾次呢？聽說，再怎麼緊密的女生團體，在三十歲的這段時間便會短暫解散，各自忙碌工作、愛情或家庭，得等到日子再度安定下來，才會重聚一處。我們能想像未來參加彼此的婚禮嗎？對此我感到害怕。許多事我早已忘記自己是如何忘記的，而生命又如何變得能以明確的界線一分為二：信與不信聖誕老人、愛又不愛某個男孩、再有或沒有我們的忘年會。

而現在的我們，正處於時間與時間與時間的交界。

或許二分法只屬於那些真正偉大的人，成名前與成名後。而夢想沒有開頭與結尾的我們，並無真正所謂的「不普通」的未來。普通的定義，正隨著時間的膨脹不斷被刷新——新的夢想、新的興趣、新的偶像。於是我們談論普通，用並不怎麼普通的語彙。當我們發現世界其實五光十色，曾經著迷的少女漫也變得乏善可陳，是否非得等到再怎樣龐大的野心都無法抵達夢想之時，我們才會停止厭惡所處天地的狹小、重新發掘無知與平凡的豐足呢？

第一次看《幸福路上》，正好是嚮往出國交換的時期。電影使我如此衝擊：出生在殘破「幸福路」的小琪，進了好學校、啟蒙了思想、遠赴美國定居戀愛，最終卻還是在最初的幸福路上找到了平淡的幸福。而正當我就要確信幸福是循環反覆的，電影結尾卻說：「沒有幸福是永遠的。」這是普通嗎？這是轟轟烈烈嗎？生命像宇宙與心臟那樣收縮著，膨脹又衰退。

二十歲的我們執著於進步史觀，總在戴著安全帽於深夜奔馳時感到一種逼近末日的哀傷。日子好像終會結束，所以總用現在取代未來，輕率地牽起誰的手逛IKEA，描繪著尚未存在的一年後要住在哪個城區、在套房裡要擺哪一種組合書櫃，用種種話語掩蓋最不可能實現的普通未來。倒不是一年後的自己能抵達多遙遠的地方，只是那時的我們大概也不願再回到今日的平凡了吧。

我想起從前一起去美術社約會的那個男生，他的手指總是粘著顏料；還有在天黑的球場上等待的那個男生，我偷了一件他借我的外套至今沒有歸還。他們都變成了普通的男生，在我也變得普通以前。今天的我們仍然預支著普通的未來，並在預支普通未來的今天，看見了透支過去的普通所換取明日的貪婪。

如果十年後，當我再為我們寫一部傳記，我不寫功成名就的故事，而要寫這段將被取代的灰色時間——寫分手前的夏天裡，我目送她們離去的背影：昀在石牌站的摩斯漢堡門口戴上安全帽，倚著男友的背乘機車駛去；清晨四點散步到SUKIYA時，樂恩的電話那頭會傳出小公寓裡的狗吠聲以及朦朧的英語；而典會來總圖門口遞給我一包鹽酥雞，然後俯身撥弄身邊某人因汗而濕透的瀏海。

我想記得我們所預支的普通未來，而不試圖在嚮往不平凡的現在，使回憶磕磕碰碰。我想安靜等她們去闖事業，搬離開家到另一個無法通訊的世界。倘若過了十年，我在巷口重新見到她掛在陽台上的舊T恤，我會按鈴上樓，不問這些年去了哪裡，把我沒能告訴你的、關於過去的平凡，包夾在一個欲言又止的擁抱裡，歡迎她的歸來。

宇宙在那時又將開始收縮，讓我們在不普通的未來相見。

# Life is pains au chocolat

人們告誡我，生活僅遠觀不可褻玩，不該看得太深，否則將無法擁有理想。

曾看過一張圖片，畫面中的磚牆噴有「Life is pain」（生命是痛苦的）字樣，隨後有人拿油漆多塗刷了幾個字，而成了「Life is pains au chocolat.」（生命是巧克力麵包）。pain這個字在英文裡是痛苦，法文裡則是麵包。不禁莞爾，生活誠然為麵包而苦，卻也因麵包而甜。

如果可以，我多希望一日三餐都是早餐。烤麵包的香氣、熱水注入咖啡粉的咕嚕聲，這些聲音與氣味總能在每天之中的任何時刻將我導向晨間。而麵包更是一天的啟始儀式，作為最易取得的「早晨象徵物」。因此，日常生活中有固定採買的烘焙坊、在便利商店充飢解饞的固定款；在外旅行，歇下行李後總先穿上鞋子，出門探索鄰近的麵包店，為接下來的幾日早餐做好打算。吃慣臺式與日式麵包的我，早耽溺於甜而鬆軟、刷上蛋黃液的麵包體，這幾年去了歐洲美國，接觸到酥皮摺疊的可頌、裸麥香氣的歐式麵包，使大西洋充盈著另一種生活的味道。

去年夏天在巴黎，是人生中少數幾趟越洋且語焉不詳的旅行。那次在兵荒馬亂中啟程，擱置了許多尚待處理的問題，帶著對許多人的虧欠逃離到另一國度，浸在陌生的言語內，那樣的我只能走馬看花、自我解釋。是否辜負了巴黎？

在回家數月後罪惡感深重，直到燒了聖母院、修了二十世紀文學史後，才真正意識到巴黎何其偉大。但於偉大面前，最靠近自己的煩憂卻高聳過艾菲爾鐵塔。那段巴黎的日子，我作為一個忖度生活的悲屈拾穗者，以巴黎街頭的麥桿磨粉製成麵包。

巧克力可頌，是巴黎使我留戀最深的早餐。旅館對街有一間無論何時店內總蜜蜂成群的麵包坊，在晨霧未散的清晨送來法國長棍麵包，以及碎碎能落整街的可頌。時差調不齊而過早甦醒的日子，便提了購物袋出門趕買當日的第一爐麵包：杏仁可頌給爸媽、巧克力可頌給自己。過馬路穿越飯店大廳，倒三杯熱飲，在還需點燈的房間小客廳裡聆聽巴黎醒來的聲音。靜靜啜飲咖啡、嚼著昨夜剩下的芝麻葉沙拉，啃咬離開後便再也吃不到的美味。

巴黎的可頌，不是臺北知名麵包店玻璃櫃裡陳列的那種，有均勻層疊的焦糖色外皮、穩當黏著如雪的糖粉。巴黎的可頌像骯髒石板路崎嶇不平，不規則的扁塌外型，顯然等不及二次發酵。店員以薄烘焙紙隨意包裹，於是總在牛皮紙袋裡發現散落大半杏仁片和糖粉。那間店的巧克力麵包如此自由，卻也拙樸真實。人們總說巴黎是美的，充滿藝文氣息，然而，巴黎街上並不只那些叼著香菸、從高腳杯吸吮可樂的漂亮少年，更多是惡臭的地鐵、急躁逼人的法語、廉價的香水。

人們告誡我，生活僅遠觀不可褻玩，不該看得太深，否則將無法擁有理想。就像登上聖母院鐘樓的三百八十七階螺旋梯後俯瞰巴黎，你想目睹的那段年代早已如煙。齊高的天際線、色調統一的公寓，這才領悟到鳥瞰視角、長途旅行，常使人忽略最貼近生活的舊習，畢竟調和的遠景並不足以象徵一座城市、一種日常的安寧。街頭巷尾的鼠害依舊肆虐，把紙袋衣角啃咬出一個個破洞，使時間與精神的涓滴細水漏了出來。

身處巴黎的我想起那句「Life is pains au chocolat」，生活不也如此，只要加以點綴，煽情憂鬱便能狡黠詼諧起來。比起「Life is pain」，我更信仰那些為時差輾轉、為煩惱分神的清晨裡，一個醜醜的巧克力可頌、一杯免費的旅館咖啡，它們使我有力氣走入臭氣熏天的街道，爬上古老鐘樓解讀城市的故事。

為何深愛早餐，因為時間永遠是有頭無尾的。倘若無法保證記憶得到善終，至少在一日之計好好立下開頭、記得醒來後的第一種味覺。尋訪巴黎的當下，並沒有什麼是能夠內化的，猶如學會一種異國語言之前，不可期待旅行能為我們帶來什麼紀念。有人旅行是為了認識世界，然而我以為親眼所見不一定能使真相更加清晰，因此當回到臺北、得知巴黎大火的快報，透過手機螢幕觀看著聖母院起火的現場影片，我只玩笑為何在火勢嚴重前，吐水怪沒能吐水滅火、鐘樓怪人沒能敲鐘搖醒沉睡之人。

時間與命運相遇時，突來的痛楚總讓人無從防備，因此，我也並不可惜自己沒在登樓時刻多加觸摸古老的石階、多拍下幾張巴黎的照片。我只憶起清晨從旅館房間窗戶望向對街的烘焙坊，剛出爐的巧克力可頌，以及在許多城市裡的麵包滋味。生命因無疾而終的旅程痛苦，然而生命也只不過是巧克力麵包，吃完了便要趕赴明日旅程、離去了便得更換早餐口味，如此日復一日，艱難地行走著，一面隨地掉落麵包屑屑。

# 房間

我想那些離家的人大概也同我一樣，仰賴背上那不怎麼舒適的房間，把流體般的歲月，形塑成可觀可嗅的模樣。

我又忘了自己把那件襯衫忘在了哪個房間裡。生命像分靈體，四散於城市各處的「房間」裡面。

大一下學期，從家裡搬出去，開始一個人生活。最低限度的行李是學妹幫我畫的似顏繪、男友中意的那件海軍藍碎花洋裝、爸媽當年挑婚紗時的拍立得、慣用的理光半格底片機、放在書桌上的恐龍公仔與喜歡的馬克杯。

我住在學校附近、一間與他人分租的單人套房裡，房間堆滿了另一個女孩的玩偶與明星海報，然而冰箱、床墊、衛浴齊全。對於從一個房間搬入另一個房間、卻並未離開原生城市的我來說，這些便足夠應付生活所需。在家裡住了十八年，要離家索居的感覺尷尬而奇妙，我提著兩個滿滿的行李袋與一包出門前爸媽補給的食物，暫且關起那扇積累了我十八年氣味的房間的門，把一部分使用率最頻繁的自己，安置於捷運距離一小時外的另一個行政區。那似乎是不遠不近、卻還不至於每天視訊打電話回家的他方，像一條多孔延長線，我不確定那新開闢的居穴能夠承載生活幾瓦力的電荷，然而，提著行李往返於房間與房間之間的自己，似乎飄飄地無味地沒有自己的根。

想起幾個月前在勞工影展看的短片〈漂在臺北的人〉。裡頭拍了幾個來到臺北工作的人們，如何早九晚五騎著機車往返市郊、以鹽酥雞與偶爾的一袋剝皮水果為食，試圖在這座萬物皆備的空城裡，尋找自己可能意圖尋找的東西。曾經，我不能理解那樣北行的信念，住在這座城市十八年，我將安置在各個角落搜來的搶來的買來的痕跡，印出來貼在房間的牆壁上，然而，我似乎仍然無法從這種時間與空間的拼貼中，找到「臺北人」的定義。

臺北滿滿都是人，卻彷彿是滿城的「寄居人」——馱著一個狹小的房間爬著，溫吞吞地建構自己的氣味與行進軌跡，然後再小心翼翼地，把種種碎石般微小的成果，塞進背上那不含水電網路自訂的小房間裡，說服故人們自己過得很好、擁有了專屬的一座城堡。

然而，那樣看似孤獨卻令人嚮往、彷彿超越肉體層次的精神突破，卻其實不然。待在家裡時，總是忘記吃了一桌熱騰的飯菜後總得有人收拾善後。一個人生活之後，這才驚覺往昔蜷縮於原生地太久，未曾察覺真正的生活竟是如此官能的事情：再再屈服於氣味、味蕾、慾望與空間的狹窄；花費更多時間思考何時該洗衣洗碗、晚餐該煮泡麵或者外出吃飯。把生活醜陋無質感的一面，全都翻出來在陽台上曬了，反觀從前只需擔憂該穿哪件裙子出門，如今日常的前置作業全不堪地落到了自己肩上。

與男友一道購物，隨意選了罐划算的洗髮乳結帳，卻被問道：「妳沒有喜歡的味道嗎？」有呀，當然有，只是「自己的味道」尚在窘困的日子與自我獨立間掙扎難以定義。不禁想起日劇〈四重奏〉令人印象深刻的台詞：「家人就是使用同樣洗髮精、散發著相同氣味的人。」是否在離家過後，有了屬於自己一套沐浴與生活作息的我，便磨損了過去所「代表了自己」的模樣呢？我想那些離家的人大概也同我一樣，仰賴背上那不怎麼舒適的房間，把流體般的歲月，形塑成可觀可嗅的模樣。

即便對於離開了「原生房間」、移植他地的生活感到期待，我卻無法篤定那分散日常的三個房間，將會把我揉捏成什麼形狀。如一隻非法遷徙的候鳥，任何一個房間，似乎都只是一具維持生存的空殼，卻無處使靈魂著根。我早出晚歸，蜷縮在男友的房間裡吃食、閱讀；入夜，爬回陌生的床上、挨著隔音極差水泥寒冷的牆壁淺眠；週末大包小包提著空罐子與一週替換一度的衣物，回到無論遠離多久、都不能完全遺忘的家。

我絞盡腦汁思考自己在多處空間的配置方法：把衣服放在與女孩分租的房間；把課本烤麵包機微波食品放在男友的房間；把累贅卻不可移除的其他，留在家裡的房間。倘若每個物件都是人的一部分，那麼，我的魂魄四散得像分靈體，穿著帶有家族沿襲體味的衣著、燻著男友偏愛的熱帶焚香、體溫則與陌生房間裡的空調相平衡——我在三度空間內混和、沉澱、試圖維繫生活的運轉。

矛盾在於，即便離家的初衷，是為強迫自己斬斷那條對家庭蠶食鯨吞的臍帶，我卻懦弱地掙扎著，想在憑空築起的日子裡，保留一絲能夠確信的習慣。那東拼西湊造出的、贗品般的生活，是否真的是長大離家必經的革命呢？

離家的人處處為家、卻也無處為家。

清晨被手機的鬧鈴驚起，昨夜讀到一半的經濟學，與剩下一半的大杯黑咖啡還擺在書桌上。插頭位置、床的位置、窗戶透光角度的差異，導致我醒來時總得先辨別方位與手機震動的聲源，彷彿在無重力的混沌當中身首異處。想起喜歡的詩人徐珮芬在〈還是要有傢俱才能活得不悲傷〉裡寫過：「還是要有傢俱／才能活得不悲傷／還是要真正和誰／說過再見／才能變成完整的人」。

太多不屬於我的傢俱反倒使我困惑得如精神錯亂——於別人的傢俱上別人的氣味裡別人的窗前醒來，究竟哪裡才是「我的房間」呢？在假日所返回的家，與如今所居住的校區之間往來，亦迷惘我是否真的曾與哪個地方哪個人哪個自己「說過再見」。不曾分崩離析的自己，能否稱得上是足夠完整的人？

於是，我好像又忘記自己把那件喜歡的襯衫放在哪個房間裡了。

# 未曾戀愛的戀人

她的明天會更好，生活是加法，物件在套牢。比起那些留著淚丟東西的人，她寂寞著眼神，練習寂寞地擁抱著誰。

他們在海邊牽手那一天，她感到自己正在好起來。那些減到不能再減的物件，又會再度豐盈，然後再消退，像海潮一樣。

她是個擅長收納的人，當身邊的人們忙著戀愛與失戀，她的生活始終如一，進行著加減法練習——囤積些什麼、再丟去些什麼。一個人在房間裡集滿一櫃子的杯子再摔破；讓房間裡的垃圾桶滿溢，並且於下樓倒垃圾時，在電梯裡享受沉重垃圾袋偽造的喧囂。在這個能與自己戀愛的年代，光是環保主義、廉價航空、少女手遊，便能使人感到生命的充實。那些未曾戀愛的人，也同樣能擁有戀愛的感覺，所以她從未認為在那種生活的已然空虛中，缺乏了什麼更刻骨銘心的要件。

當然她也想戀愛，想戀愛就像偶爾在蚊子咬痕上用指甲定十字架。指甲陷進肉裡很痛，但那搔癢的慾望便停止了，然後腫起的囊會消退，在身上留下一個小小紅點。於是她受火神託付，火神使她戀愛。

在那蚊子紛飛的、搔癢的夏天尾聲，她參加宿營。學長姊在營火晚會上低聲慫恿：「傳說中，去圍營火參加起火儀式的人，開學第一個學期就可以脫魯喔。」營地剛下過雨的草地還是濕透的，被傳喚至篝火邊的少年們被以男女男女的次序排列，他們牽起手，黑暗中看不見左右兩側的人。但左手是乾的，右手被手汗弄得黏熱——男孩子的手，她在心中記下一筆。

當篝火在他們的方陣中央點起的時候，被火照得通明的面孔全都成了紅色：紅色的臉、紅色的八月、紅色的蚊子咬痕。遠離火源數公尺的人群突然變得好遠，擎著火種的那人低吼著：「火神啊——」她再次於心中筆記，不久後為第一場失戀撰寫日記時，要以這寓言式的回憶作為開頭。正當她這樣思索時，八月裡的篝火突然變得寒冷，黏膩的右手彷彿笨拙地想挽留什麼，是否談過戀愛以後，便只能擁有左手那樣乾燥而冷靜的觸感？

她以減法的自憐尋找戀愛，再以加法的甜蜜寵溺愛人，像她所蒐集的那些馬克杯一樣。所以在篝火升起後，她陷在火神為她設下的命運圈套中，等待著等待她落入陷阱的男孩。於是營火熄滅，她在遼闊無際的城市的夜，像水鹿那樣輕率地踏進陷阱裡；牽引別人的誘餌、並且等待回應的拉扯。然而，她卻總於拉扯過後逃逸，只因她從未在那些少女漫裡，讀過獵人將野味由陷阱解出後的事情。

其中一個男孩子是個饒舌歌手，邀請她去觀賞他的街頭演出。演出中，男孩唱了首新寫的歌，一首關於時間的歌，歌詞是他們一起去咖啡店讀書時完成的。她左耳流洩著BGM，男孩在右耳邊填詞。如今的她在西門町路口抓著空氣裡爆破的歌詞，裡面有句話說：「好久不見，是下次見面才能說的話。」

要有下一次見面，才能說好久不見。不知為何，那句話深深傷害了她。那次之後，她不再與饒舌歌手見面，卻在經過西門町的時候，總是點開Sound Cloud裡男孩傳給她的音檔，尋找著可能有關於她的隱喻（會是咖啡杯？耳機？還是星期天？）並且複習著受傷的感覺。或許下一次見面時，她便能用一封信將感受付諸言語了，屆時它會是一種表述「好久不見」的方式嗎？時間，是否會使戀愛的人擁有優勢？她思忖著。如果那次的街頭演出，將是她第一場失戀記的序章，那麼現在的日子，還不足以使她看見時間的結尾。

看不到結尾的日子是恐怖的，如同斷尾的故事一樣恐怖。

學校宿舍樓下發生謀殺案的那天晚上，她從總圖正要騎車回家。饒舌歌手突然傳來訊息，說女宿附近有意外發生、不要靠近，但可繞路載她到捷運站。坐上他的腳踏車後座，沒裝椅墊的車架壓得她尾椎震顫。饒舌歌手意外是個載人的生手，一路艱難地在椰林大道上踩著踏板、沒有絲毫與她搭話的餘力。她惦記著男孩子耍帥時令人尷尬的痿樣，這或許將成為一個肉麻的笑話。到捷運站時饒舌歌手說，女宿前的血跡應該已被清除了，明早上學大可不用擔心。彼時她想到血，紅色的血，不該流出的東西在流出後總是被迅速收拾，而這些船過無痕的情感，卻如歌一樣，無意義地在她生命裡重播著。

一切真是沒意義到了極點。她耽溺在貼近自我仇恨的疲倦中，像是準備著什麼一樣，漸漸將自己歸零。而真正歸零的那天，他們去基隆的海邊。

基隆的灘上有許多人留下的垃圾，它們曾經都是某個完整東西的一部分。她喜歡這樣矯情的設計，像玩詞語接龍那樣，倒著接回故事的開始，想像這些殘骸倘若還原成了原本的樣子，這裡會是怎樣一片擁擠的海灘。但是如今在這裡，完整的只有他們兩人。這就是失戀記的高潮了，她拋下了漂泊的船錨，內心有痊癒的感覺。

「那麼，你願意在這裡，與我一起開始堆積嗎？」她以自己潮溼的右手牽住饒舌歌手乾燥的左手。「空無一物的沙灘上，有了家你就能流浪了。」綁住了椿的小船，在港邊擺動著像片搖搖欲墜的指甲。她開始想像，用免洗筷在潮間帶打著草稿，在這裡擺一張雙人床、那裡一組對杯；他送的一本書、剛開瓶的一罐果醬。所以當她的故事完結時，她便能在這裡，以淨灘人神聖的憐憫，收納妥當一床空去的被褥、剩下一個不再使用的馬克杯；空去一格的書架、以及一袋發霉的吐司。

多美妙呀，她正在潮滿的浪濤上祭拜著火神。但暗地裡，她其實總羨慕那些刻意迴避著昨日的人。她的明天會更好，生活是加法，物件在套牢。比起那些留著淚丟東西的人，她寂寞著眼神，練習寂寞地擁抱著誰。她未曾戀愛，所以更完滿地活在失戀的瞬間。生活太滿，所以空缺。

# 約會時別寫日記

或許寫字與解釋，是無趣的人才做的事。
約會時的日記使想念有了證據，也使仇恨有了能夠發洩的出口。

幾天前整理房間，翻出去年的手帳，裡頭零零總總貼了旅行各地的票根、收據、漢堡紙袋的封條、紀念印章。聖經紙材質的內頁被0.38的uni-ball Signo DX藍筆寫得皺皺澎澎，花了一下午的時間把整年的記事讀了一回，裡頭流水帳地寫了自己每天幾點起床、中午吃了什麼，無趣的日子裡把課表重騰一遍，寫上指定閱讀的書目。記得自己從前若發懶不寫手帳，總堅持花整晚把空白的上週瑣事回顧一遭，以致於累積起來無意義的日子鬆鬆軟軟，握起來像個醮滿口水的枕頭。

大學第一年的手帳本相形慚愧——大半空白、只隔幾頁貼張收據、再隔幾頁草率寫了句「天氣熱，散步去吃冰。」回想起來，時間好像開了無痕模式，一點對白都想不起來。關於這稍顯慚愧的事實，我雙手捧著厚度不一的手帳本，回憶起三件事情來。

第一件，好像有誰跟我說過：「像妳們這樣的女孩子，什麼都喜歡留起來。」或許越是空虛的人越犯囤積症。

中學時喜歡讀教人怎麼寫手帳的書，那陣子流行Moleskine筆記本，我在誠品買了本題名類似「大家的手帳」的圖文書回家，印象深刻其中一人擁有「乾物筆記本」：黑色的Moleskine上，落花生、小魚乾、醋漬章魚全都用透明膠帶蠻橫地貼在方格紙上，旁邊則用水性黑色圓珠筆密密麻麻記上了這種乾物適合配哪一種酒、味道如何、試食時的環境氛圍。當時自己震懾這樣把立體物件附著於平面的霸氣，從那之後，我寫手帳的哲學似乎一味朝那路線邁進——多數黏於我手帳上的收據，其噴墨印刷早褪去了字跡；超過手帳大小的紙片則被胡亂摺成一疊塞進內頁間。

回頭看這樣的陋習顯得有些惱人，好像什麼都想記得清清楚楚。曾經有個主張不寫日記的朋友跟我說過，幹嘛寫日記，又不是所有回憶都是值得記住的，沒寫下而忘掉的便表示它無足輕重，而不寫也記得住的，則是永遠不用寫下來的。我正好相反，因為生活其實沒什麼動彈不得的威脅、也無非寫不可的危機，反而陷入「不知什麼才是重要的」的產出焦慮——於是犯了什麼都要留、什麼都想留的拾荒病。

第二件，我想起口述影像及逐字稿。

我在公視的節目裡第一次見到「口述影像」。這種傳達方式為眼盲人士所設計，無法看見的動作，便透過旁白將畫面細細表述（例如：「小明皺起眉頭、做出沉思的樣子……」）。口述影像看久了，語言竟成為真實世界的預言，表述的存在喧賓奪主。起初覺得有趣，久了越覺得所有一舉一動都必須仰賴語言而活。而又比口述影像更令我懼怕的，便是「逐字稿」——一場從「說明」而生的戲碼，像雕刻橡皮章前在橡皮塊上拓印的碳粉，分明還未構成任何實質的界線，雕刻時割歪了一刀便要心驚膽戰。口述影像與逐字稿，似乎就像語言之於生活那樣，要我喪心病狂。容易本末倒置的我，往往為了「保存當下經驗」的慾望，而強硬地將所有直接經驗轉印為文字，反覆朗誦著墨。

有陣子頻繁夢到《口白人生》的劇情，害怕自己一不小心寫下了誰的旁白，便不恣意地開始勾勒出現在我日記裡那些人名的生命線。一個人去紐約旅行前，拜訪尊敬的詩人李進文。我坦白旅行是為了遠離自己、找到能寫的新素材，然而同時徬徨，因「享受當下」與「旁觀者清」的狀態往往是不能兩全的。語畢，詩人只淡淡回覆一句：「誰說今天發生什麼，就一定得現在寫下來？」

翻著去年那沉重得如電話簿、拼貼得亂七八糟的手帳本，我常常想，自己是否把時間塞得太滿，而忽略真正忙碌、煩惱、憂愁著的人總是沒有語言的。系上必修文學課裡讀的經典，在沒有紙與墨的時代，「說故事之必要」是知識與教誨的傳遞，故事仰賴傳頌、而不需事後筆墨雕琢。如今來到一個無故事可說的現代，人們卻慣於拿生活的呢喃填補日子餘白。可能這是長大的夙疾，畢竟大人總是囉嗦。

我與家教妹妹玩交換日記，我一頁、她一頁，共用一本筆記本。我的版面總貼滿照片、塗鴉、說明文字；她的版面往往只有一行鉛筆字：「今天天氣很好，媽媽帶我去買汽水，我很開心。」然後接下來幾日都是「和昨天一樣」、「一樣」、「都一樣」。

我嫌她懶惰，難道今天沒有發生什麼特別的事情嗎？她嘟著嘴不說話，我說很多事情你現在不記，長大以後就真的會忘記囉，不可惜嗎？我一面這麼說，一面回想自己是否有什麼不想忘記卻忘記了的事，然後不明所以地陷入焦慮——或許就是因為這類連自己都無法確定的遺憾，長大後什麼也記不住、好像也沒什麼值得記住的我們，才會持續焦慮地寫作。想要寫下自己的口述影像、寫下自己存活時的逐字稿，以便判定自己究竟照稿或脫稿演出。

或許寫字與解釋，是無趣的人才做的事。當生活陷入必須釐清思考的混亂後，我反而不寫日記了。曾有人對我說：「約會的時候別寫日記。」因為約會時寫日記，豈不糟蹋了眼前活生生的人？約會時的日記使想念有了證據，也使仇恨有了能夠發洩的出口。然而，在愛與恨的複習間，體溫猶存的「當下」反倒提前過期。拿著鉛筆與白紙在物體上複寫拓印的年輕人們，究竟在生活中留下了什麼呢？

生活往往是一具空殼，年輕的我們一無所有，於是把形容詞妝點全身、當成禮物送人。與朋友出門逛街、回家寫詩贈人；看到一片風景、畫成明信片寄回家。或者流行手寫，把已存在的語言用個人化的軌跡臨摹一回。語言是權力、一道公式，當我們不知如何心傷、如何約會、如何戀愛之時，我們讀書、寫日記，然後找個本子，細細抄下喜歡的句子。那些金句名言全成了活著的葵花寶典，專屬的心靈雞湯人生指南。

一切聽來徒然，但為何我們始終無法克制住記錄的慾望？或許像名畫前對著畫舉起手機拍照的觀眾，總要到回味時，才發覺相片裡滿是眼前群眾的頭頂。我們所見的狹窄風景，往往抵不過課本與史書上清晰公正的照片。那些有所缺漏的瞬間，卻是唯一確實屬於我們的。因此，倘若擁有了美好的一天，想把一切留住的衝動是本能的。然而必須坦承之處在於，文字與被記錄的本體往往分離，記錄本身便是一種竄改與再製，那麼，約會時所寫的日記便是名畫的翻拍照片，似乎枉然。某次因害怕忘記了友人對我的一席話，而下載了Line聊天記錄，所有脫口而出的話語成了人物、情節、對白構成的劇本形式。彼時的感動蒙了層罩子，在拓印為平面的瞬間便失去了本質。

在察覺記錄的枉然之後，我不再於約會時寫日記了。空出的那隻握筆的手，便拿來與人擁抱。手掌撫過的那些肌理，都會在夜深的夢境中解離過濾。將留的終將留下，其餘則由潛意識登出記憶。或許明天，我會試著學習家教妹妹的灑脫，在手帳上直接以大字寫下：「今天就跟昨天一樣。」因為生活，也誠然如此。

# 輯二・消失點

搭上了不到底站的末班電車，城市廣闊起來。

你好，你好。是這樣的，我想寫封信給你，像往常那樣。

該怎麼說呢，或許該從我的近況開始談起。
最近我開始學法文、讀聖經紙的課本，
發現曾經抄在備忘錄裡那些因為艱澀所以美好的句子，
如今漸漸變得熟悉。熟悉的東西漸漸變得無趣，
像我存在手機裡的那首法文香頌，每週都多聽懂一個字，
像保麗龍膠包覆的手指一層層被剝開了。

我有皮肉分離的痛覺，卻不大清楚從我這裡消失的究竟是什麼。
你沒有死，我也沒有，
只是我們都活著的事實，索然無味地變得清晰了。

# Uber Driver

厭倦於熟門熟路、一切行動都得為生活負責的人生，所以找個全然陌生的角落揮霍金錢、傷透人心。

從紐約回來後，該出國的離境、該外宿的離家，剩我一個人回到臺北——那個我什麼都認識、無法耍賴佯裝迷路的臺北。暑假盡頭，似乎在自己的世界裡繞了一大圈，又一事無成地回到原點，像冷氣機關掉後的數分鐘，一片寧靜、逐漸回溫。

夏天結束前，和那位喜歡的女小說家相約淡水，找了家平凡的簡餐店，在無人的店裡吃著味如嚼蠟的冷凍雞塊，聊聊這個假期去了哪些地方、過後又要前往何方。

「在紐約時，曾經有過使妳感到『致命危險』的瞬間嗎？」

她揚起漆黑的貓眼，丟出了一句小說般的台詞。

「啊……這麼說來好像有吧。不過，在紐約的那三個星期我總是沒安全感，大概也沒有明確的哪一個瞬間……」我一向覺得自己的記憶索然無味，用散文的腦活著，記得的事叨叨絮絮太過瑣碎，大概都不值得拿出來與小說家說嘴。記得在紐約時，從中央車站一個人搭尖峰火車回學校，在電燈明明滅滅的車廂裡寫東西，窗外的哈得遜河如海一般望不見對岸，所有畫面感都被日記本上凌亂的字跡占滿。

其實沒安全感那些都是次要的，只不過當以過客作為前提時，所有的時間都被覆上了宛如VSCO的淡化色調，為全身而退而無色無味。

那天散會後回到家，包包裡掉出一張抄了電話號碼的美國發票，看見上面寫了「Call me any time.」才突然想起，第一次進城時的那個多明尼加人，我在紐約認識的第一個人。

姑且就叫他Uber Driver吧，自始至終我都不知道他的名字。

我想，一段旅行總是在極端狀況事發過後，規律性的平淡才開始顯影。在那孤高絕緣的城市裡，其實有著幾段能使旅人感到不可思議的奇緣。該說是奇緣還是瀕死經驗，或許兩者一體雙面，生人總是得在經歷極端的危險後，像玩過信任遊戲般，才決定將自己的部分置於此地落腳生根。

初次進城是方抵紐約的第一個週五，叫了Uber從學校到麥迪遜花園廣場，只單純為了一睹夏日傍晚的公園，順便回味三年前在倫敦吃過、至今念念不忘的漢堡店。第一週只在學校附近的小城怯生生地悠晃，像隻被運到遠洋的獅子關在隱形的籠裡兜圈。旅行的初始，在建立些無謂的生活規律之前，所有的空間都顯得不甚真實——因為場景存在、氣溫寫實，卻無一熟識者能談論天氣抱怨鄰家噪音。抵達一週，仔細想來除了每天見到的那個宿舍胖警衛，還未與任何當地人有過對話。小鎮的路大致都摸透了，但窗戶裡頭住著什麼樣的人並不清楚，紐約的人與風景也都還沒有臉。

跟著同行的幾個女孩一起在宿舍樓下等待我們的Uber Driver，開來一部中古四人座轎車，打開車門，司機是個頂著黑色卷髮、輪廓稍深的年輕男子。

“To Madison Square?”

他操著一口帶著拉丁腔調的英文，很有美國YA電影的感覺，加上酒紅色Logo棒球帽與厚棉帽T，整部車裡盡是紐約客的氣場，我彷彿還能嗅得出後座放置海尼根空瓶與披薩盒的餘味。「對。」我佯裝冷靜，用同樣不帶表情的語氣掩飾生疏。

「所以，妳們第一次來紐約？」他迴轉準備開下學校山坡，在倒車時一手扶著副駕駛座，輕笑瞥了我一眼這樣說。

紐約客。

「妳們要播音樂嗎？」他拉起前座的音源線問道。不了。你隨意就好。「你們聽Bruno Mars嗎？」於是他轉開Bruno最新的那張專輯「24K Magic」。

車行過哈得遜河邊的高速公路，左側是Hudson Line鐵路，右側公路上的路牌指著「此處右轉往Bronx」。我想起半年來在Netflix上追的那部嘻哈少年影集，那群長得像Jackson 5的黑人少年爬上充滿塗鴉的廢墟屋頂，衝著Bronx區遠處轟隆呼嘯而過的列車大吼大叫。紐約有各式各樣人，如同車裡音量過大的BGM，使人感到幾近心悸的煩躁。

「如果妳們等下還要回來，不用透過Uber，可以直接叫我的車。」他在下高速公路轉進Chelsea的時候突然開口說，「我算妳們便宜一點。」

看過多少年輕女子在國外被拐、被騙的可怕新聞，我當然知道在廣大陌生土地上，十八歲小女生胡亂信任一個業餘計程車司機是多愚蠢的事情，然而，直覺並未阻斷我與這陌生男子的對話。「一樣送回學校？」我揚起一邊眉毛與他討價還價。「當然，我也住鎮上。妳們可以相信我，我給妳我的手機吧。」下車前他把手機號碼隨手記在一張發票上，塞到我掌心，「需要就打給我，不用叫Uber。」他看了我一眼，再度強調。

那晚在麥迪遜廣場公園散過步後，我傳了簡訊，請Uber Driver載我們回校。入夜的曼哈頓，排氣孔升起一股奇怪的藥草味，街角有個穿著細跟高跟鞋的金髮女人正在大笑，我神經衰弱，想儘快躲進一個阻絕異國空氣的包廂。

「女孩們，今天還玩得愉快嗎？」打開車門他對我們微笑。

那是我在曼哈頓的第一個夜晚。

第二次搭他的車，趕著MoMA的免費入場日，我們幾個同學拼車去時代廣場。提早了幾天傳訊息與他確認時間，他只是漫不經心地傳了幾個比著「6」的手勢，與一句簡短的「Perfect! Deal.」讓人不甚放心。在與上次同樣的路口等車，拉開車門他擺著同樣一副微笑：

"To Time Square?"

在紐約過了一星期多，我學會搭火車換地鐵，不再總是花大錢與人共乘Uber，但偶時仍會叫Uber Driver的車，也從拋棄式的主客關係，變為關係微妙的半陌生人。車上閒聊，漸漸得知男子來自多明尼加，五年前全家移居美國，落腳我們學校所座落的郊區小鎮。現職打工族，無論何時叫車，他隨時整裝待發，我想Uber Driver八成就是他的主要工作。他喜歡拉丁電音，車開得快，且喜歡單手開車滑手機，每回從市區開夜車飆回學校時都教人心驚膽戰。從曼哈頓回學校的公路兩側，是史蒂芬金小說裡會出現的那種鄉間馬路，長滿彷彿隨時會衝出馴鹿或大腳怪的高聳針葉林，到了夜晚，除了車頭大燈可及的視線範圍，便是一片漆黑了。

每回都做好可能被拖進樹林先姦後殺的最壞打算，在經過沒有電話收訊的湖邊森林時，我總看著手機默默開著的Google Map游標，在心裡暗自念經禱告。那似乎便是我在回到臺北後，幾近遺忘的「瀕死經驗」——在無人能夠求助的陌土，最後仍只得依賴一個付錢了事的計程車司機苟延殘喘。這是否便稱得上旅途中能夠「與某地產生連結」的冒險呢？期待、恐懼、再歸於期待，於快樂與恐慌間冷熱反覆，正是我依賴Uber Driver流浪的公式，亦或者那正是我獨自旅行時樂此不疲的慣性。

駛進郊區裡夜深的學校，在宿舍門口付錢下車時，遞出一把髒髒皺皺美金紙鈔的我，總對Uber Driver抱著莫名的感激與罪惡，那畢竟是個不該相信、也不見得能夠再見的人，我卻對他的粗魯與交雜的溫柔既愛又恨——而這正是我在紐約所尋找的情緒。曼哈頓有百樣種人，卻沒有一絲心臟的浮動：上班族端著他們的大杯熱美式、女士們勾著手提包傳簡訊、街友心無旁騖地乞討，老舊骯髒的地鐵停停走走，卻無人願意透露自己的慌張。這城市只有Uber Driver一人無法順利著根、無法擁有一個屬於自己的名字，然而諷刺的是，只有他能夠表露自己的愚昧，能夠使人恐懼、悸動與警戒。或許比起曼哈頓城裡，那些刷Metro Card慢了零點五秒便要翻人白眼的紐約客，我還更喜歡前座那個有著執鬧音樂偏好的潛在性強姦犯呢。因為唯一能使我感受到這片土地存在的，僅是夜半與Uber Driver馳騁在公路上的那六十分鐘而已。

然而，我與Uber Driver的關係究竟是什麼呢？我們絕非朋友，卻也稱不上擁有主客關係。

坐在他的車後座，我們從未問過彼此的名字，卻早已記住對方的表情。人間關係還真是奇妙呢，生疏與否似乎並不以行為作為前提——不見得所有情人都坐過機車前後座；有些人從沒牽過父親的手；有些仇敵笑裡藏刀卻從不打打殺殺。你能花幾千元找人做愛、能下載APP搭訕聊天、能傳簡訊叫車要人護送回家。城市的人間關係一切依靠供需組成，能夠操控市場機制的人住在曼哈頓，每天記帳充電刷卡通勤，控制自己生活的流量，而像我這樣預算有限卻毫無概念的旅人，只能靠著一個以一次性工作為營的異鄉人遊走。傳簡訊、付錢、開車門。我們都只是為了那幾張美金，往返於曼哈頓半島的紐約過客，淘汰於這個大城市的邊緣，心甘情願地彼此利用，掏錢收錢。

說到底，旅行不正是如此？厭倦於熟門熟路、一切行動都得為生活負責的人生，所以找個全然陌生的角落揮霍金錢、傷透人心。所有關係都是一次性的：包括牙刷、房門號碼、計程車司機與未剪過的火車票。在旅行的非日常中建立原生地的日常感，那是我在旅途中既期待又排斥的事情。

「妳這星期要回家了？」

倒數第二次搭車，Uber Driver在車上突然漫不經心地提起。第一次搭車時曾與他說過要在這裡待三個星期，那時我並未期待他會記得我何時抵達何時離開。

「噢，對呀。」我從手機前抬起頭微笑，備忘錄上是回家前待購買的禮物清單，又到了打包裝箱的橋段，那是我於旅程中最樂此不疲的殘忍嗜好。

「需要機場接送嗎？我可以算妳便宜點。」

我會心一笑，這是我們自始至終的相對關係。

# 平淡是幸福

對於總是缺了一角的人來說，平淡是幸福的，平淡使人遺忘自己究竟有何異常、遺忘自己是否欠缺擁有日常的權利。

閒來無事，在網路上看IKEA的廣告短片，其中一支標題為〈平淡是幸福〉，內容關於一對畢業二十年的小學同學，在同學會上重逢、戀愛、結婚、生活的故事。當然，廣告的焦點在於IKEA廉價而色彩繽紛的淘汰式傢俱，畫面中改造前的房間裡，那堆滿成藥、過期報章雜誌、便利商店集點贈品的雜亂房間，卻隱隱透出了生活一言難盡的光。

不知為何，最近我經常走進別人的家。對於胼手打造「空間」的人來說，每一件物品的放置、每一層灰塵的堆積都有它的歷史與糾結，然而對於後到的新住民（例如孩子、例如房客），空間所呈現的，或許是沒有理由且最理所當然的樣貌。而身為某個空間的過客，每當看見世代間對於同一空間的認知差異，總會感到一陣無以名狀的憂傷。

「家的形成有很多種。」當不知該如何回應空間所給予的衝擊時，我總會這麼說。

例如，每個空間都會有人離去。離開空間、離開家。

我曾拜訪一個家庭，在他們即將人去樓空的暫時居處裡，有正在生長的孩子、工作繁忙的大人，以及逐漸凋零的老人。

對於那個「家」裡的孩子而言，遷居前的他們期盼著新家的模樣，扮家家酒似地將自己的玩具打包裝箱。對孩子來說，「搬家」拉遠了他們尚短的個人史中，時間與空間的距離——小女孩從紙箱裡翻出一本舊相簿，指著她在「舊家」裡的「小時候」。而對於那個家裡的大人來說，他們辛苦工作，迫於去面對他們生命裡增了又減的家族名單。在他們的記憶裡，當初住進這個空蕩的家時，或許是七拼八湊才有了第一期房租的押金；花了九牛二虎之力，才零散添足了最簡單的傢俱。他們一起組裝伍佰元買來的書架、在未包床罩的雙人床墊上溫存。如今，當他們到了工作辭了又換、經濟能力許可多生幾個孩子的年紀，會因父母年事已高，考慮換個附電梯的大廈；因要給孩子夠好的生長環境，所以換到明星學區、再添購些能夠久用的傢俱。曾經兩人爭執許久的牆壁粉刷顏色，也因為女兒的喜好，而選了其實沒人愛的粉紅色。

至於那些留在「家」裡逐漸凋零的老人們，他們是在近乎透明、即將消失時才真正擁有存在感的人。在他們眼中，曾經滿地爬的兒女也已長成對著水電帳單皺眉的大人，再也沒有空閒回顧過往的童年。老人偶時用子女匯來的零用錢坐高鐵北上，帶來味道腥臭的自釀藥酒與補品；兒女回應自己工作繁忙，勉強抽空與父母吃頓飯，轉身便把那些不合胃口、來路不明的補給品丟進垃圾桶。然後有天，當他們察覺年邁父母開始像隻瀕死的貓，將自己藏在殘破不堪的宅子裡，老人在兒女眼中成了鬧彆扭的孩子，於是被半推半拉地帶進了他們全然陌生的另一個家。

家庭的組成與所居住的房間兩者一體，不斷流動變化。偶爾吃齋念佛、偶爾回收舊傢俱，日子平淡如水，感覺不出氣味與太陽傾角的變化。

每個家庭總會有什麼缺席。例如說，不足的東西、欠席的居民。

我來到一間夢幻粉嫩的理想住宅，在那個家中，風格統一的家飾下，卻缺乏了一點該有的吵雜。什麼少了、有誰不在。

缺陷、缺席、孤獨有時也是好的，總有另一種方法能將空白補足。不生育的夫妻用各自的興趣填滿房間：黑膠唱片、真空管、縫紉器材、插花習作，他們說沒有孩子，便能保持生活裡「永遠是孩子」的質感，擁有屬於自己的空間、確保愛人的關係不會變質為另一種共擔責任的角色。缺乏父親或母親的家庭，用其中一方的品味佔領客廳：鄉村田園風的甜美家飾、與獨生子女如朋友般無話不談的兩人空間。如果有信仰、有沙發、或者養一隻貓的話，或許就不會注意到客廳假壁爐上，全家福照片總是缺了一人的事實。沒有大人的家庭充滿了胡鬧的自由，只要一塊能躺臥的地板、簡單能煮泡麵的流理台，稚氣未脫的小大人們治理著自己的理想國度，偶時還能小奢侈地上超市買回能使冰箱看來豐饒的進口冷凍食品。

原來對於總是缺了一角的人來說，平淡是幸福的，平淡使人遺忘自己究竟有何異常、遺忘自己是否欠缺擁有日常的權利。平淡使人埋葬在「填補什麼」的忙碌之中，也因淡然的繁忙補充空虛。

而家庭也總有物換星移。例如說，有些東西更替、有些人移居。

拜訪一間穩固的老公寓，裡頭使用的是精選的中上品質傢俱，有花、有雜誌、有必需品外無用的東西，依舊能透過牆壁哪處淡淡的色差，察覺物品移動過的痕跡。

有些家總是萬幸，一切風和日麗，至少衣食無缺。或許大部分的家都是這樣的，湊齊一切元素、也保有餘裕偶爾做點新的小嘗試。另一方面，這樣屬於平凡人的家庭計畫，總是受到「長程」的牽絆，而無法容許「計畫外」的突變。平凡的前提，使得人們總預設家庭能走得夠遠，繼而所有計畫都是長程的。就像分期付款買下的高級五斗櫃，沒辦法像IKEA兩千元購得的系統櫃那樣膩了就丟——物如此、人大概也相同：平凡而淡然的家庭裡，夫婦圓滿、享有健全的婚姻制度，於是有了所謂七年之癢；兒女健康、服膺於十二年國民教育，於是有了所謂叛逆期。好不容易付清了房貸、繼而搬不了家，但偶時仍想改變一下家中陳設，移開了櫃子換了沙發，房間露出一塊光禿禿不曾見過的底面，斑斑黃黃充滿蟲蛀，於是拿了油漆換了壁紙，遮蔽曾經有過什麼的證據。

想起小時候家裡客廳曾有過的紅色沙發床。爸媽看上了一張日本製經典絨布綠沙發，因舊的紅沙發早被陽光曬得褪色，便想以綠沙發取而代之。但我眷戀那張紅沙發，眷戀臥在其上流著口水午睡的溫暖，以及被我慣用姿勢壓得凹陷的坐墊。即便見過即將取代紅沙發的綠椅子，我知道它確實與客廳裡的其他傢俱更協調，也能夠配合有點西曬的空間，然而，當要取走原先理所當然存在著的物件時，我仍然燃起一股莫名的暴躁。要將紅沙發搬下樓等待清潔隊回收的夜晚，我坐在沙發空去的木地板上大哭了好久，沒有了沙發而變得特別低的視角讓我產生了微妙的噁心感。明天，綠沙發便會送來，我發誓這輩子都不坐在新沙發上，以示對舊沙發的忠誠。

隔天早上醒來，清潔隊還沒到，紅沙發已在夜裡被不知什麼人給搬走、移到他們風格迥異的客廳裡頭去了。而我們的新沙發也在下午抵達，絨布在午後的陽光下閃耀著：具彈性的椅墊、漂亮典雅的外型。堅持了兩週，我終於忍不住誘惑坐到那張綠椅子上。

坐下的瞬間，在那個角落觀看客廳的視角被刪除重置，我忘記了關於紅沙發的承諾，接受了在綠沙發上生活的事實。客廳那張漂亮的綠沙發，已完全融入我家，成為不變風景的一部分。然而，為何人們非得要用更好、更新、更能持久的東西去取代先前的舊物呢？有時看著居家生活誌，不禁質問：生活的平淡實則為暴力，透過乾淨清爽的內裝，遮蔽真實存在的汙漬與缺憾。能夠擁有永遠的可能是美好的，儘管好像並不欠缺什麼、也不需透過什麼去特意彌補，但這樣無痕的平淡真是幸福嗎？

當我們在追求著最好版本的自己、最適居的城市與房子的同時，究竟在過程中，是足以掩蓋過去所有蛻變的目標物重要？還是在不平淡處，層層累積成不協調平衡的幸福重要？平淡的幸福就好，然而在真正的幸福中，平淡其實並不簡單、也並不平凡。

# 那些被羨慕著的人，他們都羨慕著你

在小女孩眼中，我是個能「提供解釋」、而非「等待解釋」的人——而那八成是一個人長大，最值得被崇拜的事情。

剛進大學不久，接了一個小二學生的家教。

和小女孩共處時，與十多年前的自己對坐無甚差異。在她眼裡看見的自己，是否正是當時的我所追逐的那個模樣呢？

第一次上課，戴了金色細框的垂墜式耳環去女孩的家，坐在她稍嫌寬敞的書桌左側、順手轉起自己花錢買的自動鉛筆，問她最近學了什麼單字什麼珠算題目，女孩目不轉睛盯著我耳垂上小小小的洞，同樣身為女孩，我似乎擁有更多能夠消費、傷害自己的瀟灑。下次上課，見她在耳垂上貼了帶有亮粉的耳環貼紙。

「哇，你今天貼了耳環貼耶，很可愛喲。」我笑著這麼說。

「對呀！超可愛的！」她似乎藉由形容詞的交換，得到平衡我倆地位的滿足感。女孩子大概就是透過可愛的東西同化彼此，這樣輕緩地、鬆軟地長大。

自開始接課以來，一週三回的夜晚，等她吃完晚飯洗好了澡，在她的房間陪她溫習功課、練習說說簡單的英文。相較於坐在右側、用嬰兒肥小手抓著鉛筆的女孩，我渾身狼狽、腹內空虛、提著厚重的經濟學課本趕到她的桌邊，總愧咎於自己帶來的混亂與闌珊。然而在她眼中，我卻如把世界的一部分帶進她房間的信使，她喜歡在上課前先翻翻我的課本、整理我筆袋裡她不熟悉的尺規與筆，問我今天上了什麼課、學習什麼新的語言。陪她寫心算、考單字之餘，偶爾說說學校發生的事、解釋些她腦海裡未定義的概念——例如選課、必修、教授與階梯式教室——我才發覺如今自己的生活，已不足以用過去慣用的詞彙註解。看著她瞳孔裡閃爍的困惑與憧憬，我與那被定義為「童年」的記憶，似乎真的越來越遠，或者說，到了此時，距離才真正定義了「童年」的告結。上了大學自覺滯空的我，似乎因我授與她的語言中，那種種陌生而美好的語詞，而被她沒來由地崇拜著。

小女孩的時候，誰不羨慕大女孩呢。

我試圖想像小時候的自己，如何想要快點長大、過大女孩能過的生活：能夠自己搭配明天上學要穿的衣服；沒有人會檢查聯絡簿，無需家長簽名或寫小日記；擁有厚重、能以螢光筆畫線的外文課本，講些父母不再聽懂的學術語言；知道化妝品的使用方法，囤積許多無用而晶亮的小東西；把身體裝飾得叮叮噹噹，然後和朋友或戀人到某間市中心的咖啡店喝下午茶。反觀幼時的寒酸：無法判斷便利商店的零食糖果好不好吃、甚或沒有付錢買物的自由；天氣一旦轉涼便要穿厚重臃腫的體育外套出門，配上醜陋扎人的彩色毛襪；中午吃勾芡的三色蔬菜、午睡起來被強迫吃下從沒喜歡過的紫米粥。幼時所有記憶的經驗、喜歡與厭惡的區別，全權由父母師長所供應的世界觀建構——討厭誰所討厭的東西，學誰說話的樣子說話，吃以誰偏好口味煮成的料理。

在小女孩眼中，我是個能「提供解釋」、而非「等待解釋」的人——而那八成是一個人長大，最值得被崇拜的事情。我的「討厭」與「喜歡」皆有自己的一套因果，無關乎家中書桌的配置、學校課堂裡某個老師紅筆題下的評語。能夠自由移動、決定三餐的時間與份量，她好奇我為何偏好黑咖啡配巧克力蛋糕，嘲弄我省略正餐而選擇窩在學校附近的甜點店。在她眼中，我那毫無秩序性的生活，因與她截然不同而顯得陌生。

或許吧，看著她瞳孔反射裡，那穿戴整齊、持有氣味與表情的自己，我未曾想過要回到她所處的年紀、享受「憧憬某種形象」的想像力。然而，如同羨慕大女孩的小女孩，大女孩又何嘗不嫉妒小女孩的世界呢？

她最不擅長的科目為「生活」，教的是如何觀察季節、如何種植綠豆。那課文在我眼中顯得理所當然，我卻對自己的生活束手無策；她不愛反覆計算同一頁關於長度單位的珠算作業，而我儘管不需工具，便能丈量她數學題裡繩結的長度，卻無心留意關於日常損耗、不得不斤斤計較的家計帳目。

她所厭倦的、那樣格式化的生活，在我眼中看來卻津津有味。無需思考算計的日子，儘管沒有理由、也能企盼某種飄渺不定的事情。她自視甚高、笑我幼稚，只要拿了張滿分考卷，便覺得自己成熟了一點、離真相近了一些。聖誕節時，她嘛著一副無所不知的嘴臉，湊過來悄悄跟我講：「我跟妳說喔，聖誕老公公早上來過了。媽媽笨蛋把門反鎖，所以他把禮物放在門口，是媽媽早上起來開門發現的。」

我心裡暗笑這個對什麼都疑心重重的小鬼，竟還無條件相信這世界存在著一個無償跑遍地球、只為送禮物給「好孩子」的神祕老人。取笑夠了，反而憐憫起自己來。收到女孩為我用聖誕節禮物的ＤＩＹ組做成的果凍項鍊，裡頭綴滿了我曾經和她提過、喜歡的小黑貓與藍色碎花亮片，不禁想起如今的自己，儘管許多欲望不再需要苦苦哀求便能唾手可得，卻連抱持僥倖、為自己許願的興致都沒有了。

「那妳呢？收到什麼聖誕禮物呢？」

我笑笑說沒有，我這一年可能不太乖，所以沒有聖誕禮物。不過，聖誕節稍微奢侈點買了百貨公司的草莓巧克力蛋糕捲，和男友一起分著吃邊看電影。她八成又羨慕起我有錢買自己想吃的蛋糕，只嘟著嘴說：

「妳都這麼大了，哪裡還需要聖誕禮物呀。」

這麼說著的她，口氣裡好像有些哀傷，儘管想要抵達那個能自己買甜點的年紀，卻也隱隱察覺，到達那個時刻過後將會喪失的更多、那些微不足道卻再也不能重製的事情。

曾在奧古斯丁的〈Confession〉裡讀過，記憶是慾望的起源，沒有記憶與認知，便不會有對於某物的慾望。或許過去熟悉的東西太少，即便活在小小的車站周遭，也不曾感到貧瘠。隨著長大，在學會將自己相對化之後，卻反而因無限比對自己與他人的不同（或許純然因看了太多介紹春裝的女性日雜），而貪婪地索求「與自己不同」的東西。這樣的我，些許對小女孩感到抱歉，抱歉在如此幼小的年紀便撐開了她某座記憶的毛囊，植進太過蓊鬱的毛髮。看著羨慕著我的她，我只默默感到茫然——知道的太早太多，大概也是不幸的吧。

女孩並不知道，其實那些被羨慕著的人，他們正羨慕著她。

# D'asses

倘若回味總是引來不適，那麼，再怎樣喜歡的東西，在厭倦以前就把它給戒了吧。

國小的時候，很喜歡吃一款超市經常特價的、叫做D'asses的日牌餅乾。淡褐色的法式薄餅，夾著百分之二十的白巧克力。隨著長大，經歷了一段甜食反抗期，遠離了糖果餅乾好一陣子，近日突然又開始回頭喜歡些便宜瑣碎的小東西。久違地，今天在家樓下的便利商店買了一盒D'asses。

興奮地泡了咖啡、拆開割了鋸齒切線的長方形紙盒，拉出一小片分裝的餅乾拆開來吃。入口，濃烈的奶酥味油漆般地覆蓋於舌面上，白巧克力在懸雍垂包裹成鉛球。口中人工香料和代糖的氣味，怎樣也無法散去。帶著這一言難盡的噁心感敲打著鍵盤，有種都大學生了、還穿著不合身中學制服的彆扭。

怎麼曾經那樣喜歡的零食，到頭來卻發現並不如記憶中好吃了呢？啊啊，總覺得有些悵然若失。是記憶美化了現實，還是無知修飾了瑕疵？

讀一位朋友的文章，他寫剛開始抽菸時，當嗅聞自己帶有菸味的襯衫，沒來由地想起了幼時被父親抱在懷中的記憶。但是當他提筆寫下湧現的回憶時，記憶的鮮明卻被文字重新蒙上了一層現實的灰。他說，果然，重要的瞬間還是別寫下，就讓它這樣沉沒於記憶之中吧。我一面這麼想著，一面困難地小口吞嚥著手中的D'asses餅乾，突然想起了另一件國小時發生的事。

大概是中年級吧，某次去同學家玩。同學家在一棟老公寓的三樓，與隔壁相同格局的公寓，隔著一條半個人身寬度的防火巷。上樓進到他房間裡的時候，同學正忙著把書包裡成把的考卷往窗戶外丟。「把考卷丟到防火巷裡，就不會被我爸發現啦。」他若無其事地，繼續將滿江紅的卷子灑向窗外。從他的小窗往下俯瞰，幾公尺外防火巷的地上，雪一般疊著考卷，如某個墜樓人的白骨。現在想來確實如此，除非哪天真的發生了火災，防火巷裡那疊考卷才會重見天日吧，但彼時那疊考卷山大概也燒成灰了。一樁「拋窗事件」，宛如薛丁格的貓。

仔細想來，在我的心中，好像從沒有像同學的考卷那樣就此封存的記憶。腦海中的存檔，總是過幾年便要拿出來回味一番，比如D'asses薄燒夾心餅、比如國小同學把考卷扔出窗外的片段。曾有人對我說過：「我好像從來沒聽妳說過『小時候』耶。」大概吧，家教學生的四歲妹妹曾抱著一個布娃娃說：「這是我小時候媽媽買給我的。」我哭笑不得，想她短短四年的生命竟有了「小時候」與「長大後」的分別。相較之下，我近二十載的日子宛如轉瞬，總是拿著一把卷尺，將小小的鐵片扣在某一瞬間，一面測量著、一面將柔軟的刻度拉向今日。從沒有所謂以前，也無真正的現在。

或許正因如此，當我發現彷彿昨日的記憶，竟沒有彼時那樣獨特、那樣美好，總是沮喪。無法感受日子的前進、也沒能支撐自己向前，怎麼一切珍愛的事物卻拚命在倒退，退到了只能以「懷念」訴說的距離，多麼讓人失望。因倒退時間所騰出的空間與陰影，總使我們在時間迴廊中的身形顯得龐大。以為自己懂得多了，其實卻是感官在萎縮、慾望在橫縱。無知曾帶給我的那些快樂，不再能夠以人工香精矇混過關了。

於是我不再喜歡吃D'asses餅乾了，或者房間裡那張曾經高挑的椅子，現在也已嫌矮小。把時間充當故事說嘴時，貧瘠與荒蕪像珍珠那樣貴重，怎麼在撬開時光寶盒時，瞧見了它真正的模樣，卻又使我們傷心了？倘若回味總是引來不適，那麼，再怎樣喜歡的東西，在厭倦以前就把它給戒了吧。戒了的東西也別再好奇重拾，就好像忘記了的人，總是比想起時的樣子要來得溫馴可愛。

那盒D'asses餅乾，下週拿去和家教妹妹分享吧，說不定從今以後，她也會每天吵著要媽媽去超市給她買一盒呢。

# 晚間新聞

人生大概就是這樣了吧，接下來的日子也會是這樣，生活好像在哪裡停下都不奇怪，這是不是就是所謂的老年呢？

今天也一如既往地，早上醒來，下樓騎著生鏽的腳踏車，到便利商店買了早報、饅頭，回家打開電視，看新聞配早餐。

「近日，在市內熱鬧區域的路邊，經常可以看到許多穿著宣傳背心的……」

又到了選舉的季節、下週會來一個颱風、兩韓總統將要碰面，世界上有各種事情正發生著。拿起桌邊沾著灰塵的放大鏡，湊近早報端看，昨天發生了兩樁謀殺、一起車禍，世界上有各種悲劇正發生著呢。

哪天我也會出現在新聞上嗎？很難吧。年輕時候或許還有過什麼理想，但現在想想，能活到這個年紀也算是一種成就了吧。年輕時就算想要過什麼，好像也不再記得了。讀了點書、當公務員、結婚成家，即便現在不再工作、妻子走了、也沒有孩子，偶爾到圖書館或醫院幫忙，賺點零用錢，其實一個人過就很足夠。人生大概就是這樣了吧，接下來的日子也會是這樣，生活好像在哪裡停下都不奇怪，這是不是就是所謂的老年呢？上午的新聞片段不斷循環播放著，回想著過去的事情，一不小心便在沙發上睡著了。醒來，忘了關的電視裡，還是那場車禍的畫面。到了中午，就會有新的午間新聞可以看了。

差不多該準備上工了。我現在的工作，是在某大學附近推手推車賣黑糖糕。黑糖糕的成本便宜又好賣，每天準備好材料、蒸糕，傍晚推到那個夜市旁的巷口賣。路人經過時，默默會停下來買，我就在騎樓坐著等、賣完就收攤。周圍的攤販也是一樣，大家各自做著安靜的交易。我想這就是這個城市裡大家的默契吧，或者，誰能跟一個賣黑糖糕的老伯說什麼呢？

「喔，那群少年仔今天也在。」來到攤子的固定位置，隔壁賣烤玉米的中年男人向我招了招手。

是呀，最近的街道看起來有些騷動呢。

大概是選舉什麼的吧，最近，巷子裡攤位的空隙間，總會有一群群拿著擴音機與傳單的年輕人，向路人們熱心搭話、偶爾喊喊口號。在這樣吵雜的路邊，實在很難聽清楚他們究竟在說些什麼，不過，他們總是和我們這些小販一路站到收攤，偶爾也向我們就近買些吃食，互不相礙，也算是多了筆生意。

今天來的是幾個大學生模樣的女孩子，她們聚在一起嚴肅地討論著什麼，隨後各自拿著標語、旗子、傳單散了開來，工作得相當起勁的樣子。反倒是我這天生意清淡，直到學生們的放學時間，都還沒賣出一條黑糖糕。我在她們那個年紀時，都在做些什麼呢？以前很少有這樣人來人往的街道，一天之中沒能看到幾種人，因此好像也沒想過自己像或不像哪種人的問題呢。

「阿伯，辛苦了，我們要買一條。」鄰近七點的時候，那群女孩子停下工作，跑來向我買黑糖糕。

「哇，妳們也很辛苦喔。」

「沒有啦。好久沒吃黑糖糕了，好香，好懷念耶。」

替她們把軟軟甜甜的蒸糕切塊、裝進塑膠袋，收下剛好的零錢、遞上黑糖糕。我們短暫的交集就這樣結束了。幾個做為代表來買糕的女孩抱著袋子，跑回幾公尺外的地方和其他人會合，圍成一圈分食起來。裝著蒸糕、熱熱的袋子嘩地在圈圈中間升起了一陣白煙。

「哇！好香喔！」幾個女孩驚嘆著。

她們各自取了小小的咖啡色方塊，螞蟻一般小口小口啃著。那個對我說「好懷念」的女孩向夥伴們往這個方向指了指，其餘人以稍大的音量喊著「阿伯，很好吃耶！」我笑笑揮了揮手。好奇我的黑糖糕，能讓那個女孩想起了哪個「懷念」的味道呢？沒留神時，身旁出現了一個正在巡邏的警察。

「阿伯，你賣什麼？」年輕警察的台語有些生疏。

「黑糖糕啦，拍謝，路過而已馬上就走啦。」這樣的狀況遇多了，我低下頭開始收拾。

「不是啊。這邊是路口，很危險啦，這樣萬一被撞到怎麼辦？」警察一面嘆著氣一面翻出口袋裡的紙筆。「阿伯，哩甘唔登記執照？我看你這台車，也好像不符合規定欸？」

爭論了老半天，年輕警察又找來了幾個人，翻翻弄弄我的推車，拍照記錄什麼的。看來今天生意是不用做了，唯一賣出的那條糕不但沒賺，還賠個兩三千有吧。我在稍遠處抽著菸，看著團團圍我的攤子、爭論不休的警察中間，那推車還陣陣蒸騰著甜甜的白煙。

那群女孩子仍然在街邊呼喊著什麼，不過，如今我的那個角落裡，因為聚集著太多警察，而吸引了人群的注意力。女孩子們的聲音，變成了人潮裡聽不清楚的背景。而那個和我搭過話的女孩，正專注地擎著擴音器，不太注意到身邊發生了什麼事。

警察離開時已經是九點多了，結果收了張罰單，還被提早趕了回家。蓋起蒸籠的棉布與鍋蓋、捻熄菸蒂，回家吧，路上順便買份晚報。

「阿伯，你要回去囉？辛苦啦。」

那個女孩子見我收拾東西，跑來跟我打招呼。十月底轉涼的天氣裡，她因為起勁的勞動，額角掛著汗珠。

「這個給你看，回去路上要小心喔。」她拉起我的手，在掌心塞進一張紙，轉身跑走了。

許久沒有碰過人的手了。拿起那張留有女孩餘溫的傳單，上面寫著五顏六色，是我不大看懂的數字與標語。我把傳單隨手和粉色的罰單，一起塞進裝著菸的外套口袋。

回家吧，晚間新聞的時間已經到了。

# 日本語

喜歡上某事物的理由，與聽懂一種語言的進程相同——從模仿開始、定義事後添加。

大一上的法語課，糊里糊塗學了點簡單的名詞與句型結構，被文法弄得團團轉。抱怨著這年紀學外語吃力不討好，為何不乖乖安於既有的語言就好，反正我的世界這樣小，也不必怎麼與他人相交。然而在那之後，偶然一度看了部夾雜法語的電影，片中原本漿糊般混濁的聲音，竟隱隱顯現一串分明的意思。

啊，我好像聽得懂他在講些什麼。彷彿是將海螺湊近耳畔的瞬間，閉上眼、聽到了海的聲音。

如果說每種語言都是一只海螺，日語對我來說，尤其是只能通向某處的螺。

小學中年級時交了一群日本朋友。他們只說日語，而我當然也只說中文。即便雞同鴨講，我們仍無甚掛慮地玩在一起。然而，即便一起笑著、擁抱著，我卻感到自己像在看部無字幕的外語電影，該在何時做出何種反應，只能端看著演員的表情，適當地微笑或者惋惜。「他們到底在說些什麼呢？」明明是重要的朋友，我卻無法聽懂他們的言語。想要理解他們的急迫感，不斷在腦海中周旋著。

於是，我將他們叨叨而不明的話語當做一只海螺，彷彿觀察著潮汐與天候，日日側耳傾聽。從聯想力開始，早上微笑著打招呼的時候，他們會說「喔哈呦！」（早安）；開心地推著邊鞦韆的時候，他們說「塔諾嬉！」（好開心）；傍晚揹著書包回家的時候，他們說「架餒！」（掰掰）——表情配合著語言，我揣度著他們的話語，賦予陌生的聲音可能的意義。就這樣，一點一點地「聽懂」了日語。

過了些時日，他們發覺與我共處時，似乎不必再有多餘的比手劃腳。他們看著我說：「欸，ひとみ（我的日文名字）好像聽得懂我們在說什麼耶？」雖然無法以相同的語言答覆，我傻傻地對他們笑著，彷彿說著：「對喔，我聽得懂了喲。」像是打通了某個前往另一個世界的傳聲軌道，那時的感覺，至今仍隱約殘留腦海。

從那時開始，日常中「聽見」的各種日語，便默默在時間中，累積為一個堅實的核，撞擊分裂出與其他世界的人之間無以名狀的電波。而那股電波，似乎更誘使我與那陌生的世界相撞。於是隨著長大，不知不覺地總是優先喜歡上關於日本的東西：旅行地、人、物件。只不過，明明是沒來由地迷戀上了那個世界相關的什麼，仍然難以逃避「為何喜歡日本？」這個問題。而我總盡力回答，啊，因為我覺得日本與臺灣有歷史上的相通、日本的文化精緻、日本是一個現代主義高度凸顯的社會……大家對我的回答滿意地點頭：「喔，你很熟悉日本。」眾人眼裡看來，我似乎就是個清楚分明、與日本有所相繫的人。但那種相繫，說不定只是我所營造的假象也說不定。喜歡上某事物的理由，與聽懂一種語言的進程相同——從模仿開始、定義事後添加。

不過想想，意義或者理由，難道是「喜歡」的必要前提？難道長長的愛戀之中，真的得無時無刻都銘記著一份初衷或緣由？

某回旅行日本，到便利商店買東西，結帳時，店員問要不要個塑膠袋裝，我怯懦地以僅有的日語回答：「啊，不用了，謝謝。」聽見答覆，店員將塑膠袋塞回原位、遞上飲料罐。看著他若無其事的動作，我驀然驚覺：原來即便只擁有稀薄的言語，

「語言」似乎能使我存在那個瞬間，不被察覺地溶解於他者的日常中。像是一語不發地、隱身在充斥異國語言的涉谷十字交叉口。即便我與日本街道上的任何人，並不存在著真正的理解，身為局外者的我，卻透過模仿著那個「樣子」，抵達了彼方「平凡」的境界。

我試圖想像，「日語」之於臺灣的某一輩人，是否也是相似的存在？為了看來「平凡」、為了在一個時代中與他人「相同」，於是強迫自己在陌生的聲響中牙牙學語，直到時間足以使自己與他者對上頻率。即便頻率的「相同」，並不等於語言的「相通」，「世界」卻至少終於在他們的生活中鋪展了開來。過去在這座島嶼上，「日語」曾經是象徵了權力的語言，成為某些人活著的阻礙或者動力；「日語」也可能是使兩個平行的生命，擁有交錯的美好錯覺。偶爾，我會在島嶼清晨的巷弄之中，聽見幽靜的老公寓一樓，飄出日本ＮＨＫ晨間新聞的聲音。想，那個端坐電視機前視線迷濛的老人，是否至今仍透過電視裡那些喃喃的訊號，似真似假地與那個時代、那個其實並不相通的彼岸持續通訊著？

「日本語是時間的核。」即便不明所以、即便是時代使然，語言與時間的積累，確實使得我與他，透過偶然單向的解釋，相會相通。這一切，其實無所謂理由。將海螺湊近耳邊、闔上眼，別去想自己是誰、身處何方。即便海螺裡的，只是空氣的碰撞回聲，透過積累的記憶去傾聽，你便能夠來到那座想像的彼岸。

# 已經放棄了的事情

我們終究只能選擇其中一條道路，從此被平行宇宙所屏蔽。

「我認為妳應該要有個自己喜歡的運動。」朋友認真地對我說，而我想張嘴反駁，自己也曾經是個好動健康的小孩，只是現在放棄了那些事情罷了。

我如所有小時了了大未必佳的都市孩子，國小以前上過各種才藝班，嘗試過街舞、跆拳道、芭蕾、律動……如今關於身體的事已內建在神經系統內，卻也只能偶爾上體育課或登台表演，拿出來充作雕蟲小技。到頭來，自己終究沒有過一件能持之以恆的事情。

抱持著「每個年紀都有其該做的事」這樣人生觀，無論拾起或放下些什麼，也並無什麼執著，像那些雜誌裡的分類測驗，順著不斷開岔的樹枝圖越走越遠仍渾然不覺。最終大抵是領了一只分類名牌，點點頭又往書冊的另一頁翻去，甚少有機會回頭檢視自己一路走來的各個抉擇，畢竟單向高速駛去的人生何其短暫，怎有餘裕後悔反省？

但也並不是沒有人問過我以「妳有沒有想過，如果……」開頭的問題。一九九三年富士電視台曾推出一部名為《ifもしも》的連續劇，各集由不同導演執導、推出不同的短篇故事，每篇故事中插入一則情境題，給予A和B兩個選項，並分別演出「如果選擇A／B」，劇情將分別如何。這樣虐心叫絕的短劇，我能想像當時觀眾守在電視前，邊啃著仙貝邊緊張哀號的畫面——別人的「如果」總是令我們興味津津。然而，同樣的情節一旦發生在現實中的同學會，便要愁眉苦臉避而不談。

年末，接到十年前舞蹈老師的訊息，以前上課的雲門教室要辦創立週年同學會，邀請我們一起重溫孩提時的舞蹈課。跳舞是十歲以前的事了，當時要好的女孩子們都已經發育成了另一具漂亮的身體，我們能否使用現在的肢體再好好跳完一場舞呢。或者說，如今仍在跳舞的還有幾個？跳舞、或任何一種童年短暫學習過的技能，說白點只是在偌大的空間裡躁動著、等待一種更好的選項；毫無包袱地抓周，然後再毫不猶豫地被未來接走。初次面臨離開後重遊舊地的情境題，我忐忑於忘記某件事的愧疚，卻也暗自好奇著自己身上到底還存有多少尚未散去的記憶。於是向來不喜參加任何一種同學會的我，決定赴會重拾一天舞蹈的身體。

律動教室十幾年來如一，我們在胸前貼上手寫著姓名的標籤貼，在上課前圍圈靜坐。靜坐也是多年來頭一遭，慶幸我仍能在某些短暫時刻裡，想起那種寂靜暖流貫穿脊椎的知覺。或許童年裡一無所戀而放棄了的事情，仍然如老舊燈泡般地在熄滅後偶時閃爍。於是那場舞蹈同學會的靜坐暖身像座隧道，引領我回到那個筋骨尚未定型、胸前平坦的幼童身體裡。隨後接下曾經使用過的彈力繩、鬆緊帶，被支使著做出深蹲躍起的奇異動作，十年來累積的拘謹似乎一時間被棄置於教室之外。想起那句：「身體學會的，誰也帶不走。」誠然困在我僵固軀殼深處的、那柔軟的核，似乎仍暗自燃燒著。

老師問，你們有誰還跳舞呢？圍著圈的大孩子肢體彆扭地相撞，身形迴異的我們之間，跳舞與不跳舞的人顯而易見。當我見到那些仍然跳舞的人，流水般地操控著自己的身體，也不禁一時感嘆，曾離那樣的美如此近，倘若跳舞並不是我已放棄的事情，或許如今我也能成為同樣厲害的人。在亮麗的選項前，硬被劃分為中途而廢的一群是痛苦也蹩足的，而我總在各樣場合嚐盡這樣的滋味。倘若回答那是因為自己有了另一款生活，似乎又太過事不關己，面對自己自願放棄了的事情，本就不該感到懊悔或賭氣。

然而，骨子裡我就是個賭氣鬼，每當在家附近遇見曾經的道館學長姊、翻找到之前街舞舞團成員的新影片，總要逢人嚷嚷：我認識他們、我曾經也是他們的一員。但又有誰在乎呢，離開的時刻往往在一切故事尚未開始之前。如果人們總對年幼的孩子說打好基礎很重要，那麼，我的身體裡遍地都是地基與梁，卻缺乏一處能好好避雨遮陽的屋頂，只是在風景之中，我仍將自己視為一棟屋瓦完好的房子。

如果能回顧，便發現早先離開哪處的我，似乎總傾向美化記憶中未完成的工事。小學在街舞舞團的那幾年，我是全班唯一無法學會倒立與側翻的人，總得在每支舞裡側翻與前滾翻時，盡全力地蹬高雙腿、魚目混珠。儘管現在早忘記了練舞的痛楚，記憶中我偽裝側滾翻的技巧總是高超不被識破的——至少我如此記得。前幾日於YouTube上看到隨舞團出外巡演的影片，哭笑不得地發覺自己是台上最蹩腳的那個：

側翻舞步時漫天蹬高的雙腿獨缺我一雙、走位時肢體僵硬落拍，然而舞畢下台時臉上那得意神色，顯然對自己的不用功毫無知覺。或許從那時起，放棄的初芽已開始茁壯，之所以揚長而去，或許也是淺意識裡預知了自己對於某事的不擅長或臨界點吧。

我討厭為逃避而放棄。在不斷變換、尋找著自己擅長事情的年紀，好像不斷找藉口，以把握時間為由，背離了許多原本下定決心要一起前進的夥伴。後來的他們都過得很好，穩妥地在專一的道路上努力著。或許，自作多情的實則為自己，說是剩下或放棄些什麼，而刻意忽略了自己與另一種世界擦身而過的事實。

近日看廣木隆一的舊片《僕らは歩く、ただそれだけ》（我們只是持續行走），片裡女主角與赴美的男友分手後回家散心，起先帶著自城市返鄉的優越感四處回味，卻得知多數同班同學早已成家立業、成就大半的人生里程碑，自己還為當下小情小愛、追逐夢想的奢侈煩惱所困。而當年暗戀自己的野球部男同學，則因日日為生計奔波至意外車禍身亡，聽聞死訊的她，搥胸頓足地在棒球場正中央嘶聲力竭地哭泣著。

她是為自己所錯失的人哭泣，或是為自己缺席的時間所哭泣？長達兩分鐘的特寫鏡頭，我看著女主角的優越與自豪在號泣中崩解。她持續行走著，鄙視停留原地、沒有尋求「更好選項」的舊識，然而已經放棄的世界並不因放棄而停止，平行的故事線並無暫停鍵，如同《if もしも》裡的劇情，我們終究只能選擇其中一條道路，從此被平行宇宙所屏蔽。自作聰明，卻在得以回首時踉蹌地發覺自己與過去藕斷絲連。

但即便如此，我們也只能夠持續行走，畢竟那些都是已經放棄了的事情，而放棄是無能為力的。

# 日記鎖

持有你日記鑰匙的人，必定隨著日子的共度而逐漸增長。你持有誰的鑰匙，也將自己的交付出去。

許久以前，還在用上鎖日記的那個年紀，曾寫過一篇小說。故事中，寡言而嚴厲的爺爺把寫給孫女的手札藏在車站的置物櫃裡，告訴她在自己過世後，女孩將在置物櫃裡找到世界最美好的祕密。

究竟「世界最美好的祕密」是什麼，在寫下這篇小說之際，我一點想法也沒有。熱衷於製造謎題與解謎的我，自始至終不過想保存那份「持有祕密」的使命感，以及「尋找密碼」的樂趣罷了。

小說在女孩找到、並且解鎖置物櫃的瞬間便斷了尾巴，謎團底下的寶藏究竟是什麼，我始終沒想出來。就這樣，連自己那年上鎖日記本的鑰匙也搞丟了。其實解鎖日記的方法，還有僅存的一種。我把那本日記的另一支鑰匙做成項鍊，送給曾經很親密的某人。我囑咐他，萬一我有日因不得不的理由沉默離開，請他務必接管我所持有的那些祕密。從交付鑰匙的那刻起，我們之間似乎多了層無語的羈絆，彷彿彼此在搜索著對方一言一語裡，可能將留藏於上鎖日記中的蛛絲馬跡。而我，則日漸因「他將是唯一占有我祕密的人」這自找的命運，負荷不住因他存在所帶來的無形壓力。已忘記最終是什麼契機，我們不歡而散，但那把曾經交付的鑰匙，八成仍躺在他的抽屜深處。

多年後的現在，我的日記已不上鎖，甚至日子船過無痕。記憶自身便是一本書，每一段時光的目擊者便是持有鑰匙的人。持有鑰匙者能夠恣意解鎖，探求我夾藏在每字、每句中無形的表情；他們能比我更要熟悉我自己，因為能夠俯視他們所共享的、我的記憶，也能自如地解決我自相矛盾的疑惑。然而，一對一的言語所帶來的親密與傷痕，實為一體兩面。當專一的語言成為利器，日記裡的人活在無法揭穿的 Irony（諷喻）中，無所遁逃。

文學課上，教授的名言總歸一句：「Life is an irony.」（生命即為一則諷喻），我則想要追述，Irony的產生，是否因我們隨著語彙量的增長，使得人們總仰賴著語言，試圖去彌補彼此之間非語言的時差？尤其當一人疾駛而過的轟鳴，僅能夠震碎眾多之中的特定一只高腳杯，那碎成片的玻璃，只得怪罪自己沒能站穩桌邊。而那埋頭奔馳的人，也只聳聳肩否認震碎杯子的罪過。頻率僅是偶爾相合，傷害總有不在場證明。

然而這樣的相殺是無從避免的。持有你日記鑰匙的人，必定隨著日子的共度而逐漸增長。你持有誰的鑰匙，也將自己的交付出去。

自從社群軟體多了「摯友」功能以後，專屬於特定群眾的訊息總要人多費心猜忌：無聲釋出這一段告解的他，是以怎樣的名詞，暗指哪個關係者、哪段時間、怎樣的罪證？像個養貓人似的，每隻盤踞嘶聲的貓，都是個無差別攻擊的祕密。得要定期巡守、偶時撫慰，恰當給予聲援及鼓勵。但守貓的彼時，也不禁納悶，彼此之間建立在非語言之上的默契，何時又因語言而產生了多餘的責任？

在旅居他地一段時日後，我回到那個久違的小鎮，與貓出門散步。

我清楚記得，自己在離開此地以前，曾與貓走過的那些街道，以及在那些街道上我曾經與牠叨絮的話語。而如今，當我們並肩而行，牠卻發覺我不再主動談起些什麼了。我曾因牠的呼嚕聲而喜悅、因牠的咆哮而傷心，貓所被動地回應我的片刻，我曾如此珍惜。如今當我回到了這座街道，卻彷彿拋棄了牠所默許我的發語權，只是沉默地在牠身邊行走著。我明白，一切轉變貓都看在眼底，但牠的自尊，使得牠也無法抱怨什麼，只是比起往昔，更要珍惜而小心翼翼地，在我腳邊碎步著前進。我留意到牠配合著我的吸吐，更努力地想要跟上我的步伐。這與過往截然相反的處境，使得兩者之間，我反而更像那位居上位的人。在貓的身側，我是如此想要擁抱、想要感謝牠的陪伴，然而我亦明白，一旦我們所共有的沉默轉為了言語，彼此的付出將被扁平化，而淪為了單一對話。因而，我選擇緘默。

在散步過後的隔日，當我醒來，在枕邊發現一只貓所叼來的、蠕動的壁虎尾巴，我是如此地喪氣與失望。壁虎的斷尾是逃亡後，殘留原地障人眼目的假象。我曾向貓開過這樣的玩笑，取笑牠如此伶俐，怎總會被斷尾耽誤了狩獵。而如今牠卻叼來了一只斷尾，並列於我的氣息旁邊。這曾經只有我們共有的訊息，如今也成了牠殘害我致命的利器。我起身下床，走出陽台，貓在陽台上瞇著眼承接著陽光，朝我尖銳著瞳孔，像把匕首。

「那是陽光太刺眼，你別誤解我的意思了。」牠若無其事地說。我狼狽地揑著那吋斷尾，要是現在搶先暴露了狂躁，這場戰爭便是我輸了。貓咪，你怎可濫用我們之間的沉默！

黑格爾的主僕理論裡，主與僕是相輔相成的角色，主人因奴隸而成為上位者，那麼，在這樣的契約下，究竟誰為主而誰為僕呢？一切的規則，在某一方試圖鑽研契約條文以前，絕不會被輕易打破。製造災難的，往往也是那些為和平而築起的公約。所以我說，語言必將招致諷喻，而鑰匙終將成為匕首。

關於那個默默留藏著我日記鑰匙的人，我曾在多年失聯後見過一回。他說，仍留著那把鑰匙的原因，也不必然是因想要摩拳擦掌揭穿我多年來的祕密，只因那把鑰匙，總提醒著某個自己早遺忘了內容的承諾。不管鎖住的東西是什麼，他明白自己或許是世界上唯一知道那個什麼被鎖著的人。所以無論日記是否開鎖，鑰匙怎樣也不能丟。我滿懷歉意地告訴他，其實自己早在察覺日記無法解鎖之後，便將那些字連同鎖一起丟棄了。老早忘記日記裡寫著的都是哪些謊言，想必也不是醞釀到了現在才會成熟的事情。「祕密」這東西，本身像是蒸餾，密封在一個高壓塔裡，酒精會揮發。而我們所保密的，早在時間與移動中散盡了，所以也不必在意那解不開的鎖而懊悔、甚而惴惴不安。

至於我那篇斷尾的小說裡，始終沒有解答的「世界最美好的祕密」，我想現在給予一個可能的答案。那個指示小女孩尋找密碼的爺爺，大概沒在置物櫃裡留下一丁點東西。女孩需要明白的所有語言，早在她埋著頭沉默尋找密碼的時候即被解開。上鎖與解鎖的目的，從不該是為了遮掩些什麼、使其專屬於誰。與祕密共生，而後安靜地遺忘，或許對於我與貓而言，亦是最好的解答。

# 輯三・刺點

你活，當刺蝟登門拜訪。

遺忘的東西它們持續存在著，在不再搭乘的捷運線上。

是在幾日前遇見曾經真心想共度日子的你，
你裝在一具時間形成的果核裡，核裡有曾經的、小小的你。
是從何時起我們各自堆積了呢？然而我也沒開口問那變與不變的問題，
倘若記憶已然分流，縱使逆流而上，空谷徒留跫音。

當你善意噓寒問暖，我怎有資格報以荊棘？

# 在優養化的城市裡

傷害我們的，並非那些不會癒合的傷口，
而是什麼傷口都可能癒合的事實。

回家過年那幾天，家附近的許多事物正在爆炸。公園裡紫紅色的花開了，叢叢花草像炮竹一般豔紅地垂墜，那是煙火花。安靜的煙火掛在樹上，在奇怪的時節、奇怪的角落，舉辦著植株單獨的慶典。而在煙火花悄悄炸裂的同時，人們居住的房子則像葉子那樣隨地腐朽。家附近巷子裡的宅院，因自辦都市更新，正進行著規模浩大的拆除工事。古老牆壁崩塌的碎片引起塵爆般的風沙，揚起了那戶人家廚房流理台下陳年的灰塵，隨著城市的故事一同消散。

裂開的花苞與綻放的老樓。一次次無人傷亡的新陳代謝中，這城市似乎總是如此——被割開的傷口，正一點、一點地癒合；而那些闔起的缺口外，有人在徘徊。

像候鳥一樣於假期回家，於是學期間單人的住處，彷彿暫時消失了那樣，擱置在城市的另一端。回家的日子內，耗費多數時間，探險於家附近多年未經的小徑。一日行過公園，正巧看見優養化的滯洪池，池面藻的浮屍為平靜的水面蓋被。撿一顆石頭丟入池中，青綠的浮藻開了一個缺口，噗通一聲吞噬了石、又再度平靜無聲地闔起了蓊鬱的口器。沉寂的水面彷若什麼都未發生過。目睹一切，我走了開，想這座城市在我心中，正是一座龐大的優養化城池，生機盎然的假態下吞噬著無數的人與事；而我便是那看不見的水中一粒翻滾的砂粒。

沒有移動的人，儘管在城市增加據點，上鎖的住處卻只夠存放同段時空中的另一具身體；而那軀體持有不同的物件、不同的起床與就寢時間、不同喜歡的食物、也與不同的一群人為伍。擁有兩個世界的我總是健全無憂，甚至營養過剩。只不過兩個世界無法共存：回到某處避寒的冬天，另一處的春天便必須被暫且遺忘。假期中某天為了拿一件想念的洋裝，悄悄回到住處。房間裡除了那部轟隆作響的冰箱，一片死寂。離去前整理好的房間裡，垃圾桶內並無一點臭味。在熟悉空間裡襲來的陌生使我懼怕，在找到了心念的洋裝後，便很快鎖上門跳上車，回到另一個、髒亂的我的房間。在車上的我心有餘悸地想著，怎麼我在兩處熟悉的地方都感到不協調與陌生呢？當其中一角落正復歸原狀的同時、另一角落卻逐漸毀壞。

是不是到了十九二十這個年紀，便會自然地要建立起屬於自己的另一處世界呢？且那世界將隨著年歲日漸拓寬，直到某日足夠吞噬造就原本自己的那個世界。我的困窘僅在於自己的「兩個世界」於同一座時空下扃牖而居。當一方萎縮、一方盛放，我的世界，如青春期少女的身體那樣滋潤地生長；我的內在，卻不斷吸收著這縮放間丟失的暗物質，集結成一處紅外線所不可偵測的星雲。

十九歲這年，許多人來到了我生長的城市。臺北這個地方被許多人視之為他們建構新世界的樂土，充滿了無限可能。我傾羨他們拓荒般的精神，年輕漂亮的生命神采奕奕、活泉一般在城市裡走動著，製作著屬於他們的「地方」。自他們定居此地以來，至今也過了一年半載。當熟稔日漸成了包袱，我心疼地眼看許多同歲的孩子，懼怕一旦拆毀了好不容易築起的牆，便要留下永久性的傷痕，使他們在這裡沒有了容身之地：所以懼怕戀愛、懼怕嘗試、懼怕留下成績。然而，在這裡已然優養化的我，卻發現事物在這世界上恢復的速度，宛如電光石火。傷害我們的，並非那些不會癒合的傷口，而是什麼傷口都可能癒合的事實。

在臺北另一角與我一起生活著的那人，也屬於來往兩座城市間的一群。短暫鎖上住處房門、回到自己「原本日常」的我們兩人，在回到家時，發現學期間所弄壞的身體及染上的惡習，以超乎想像的速度正在痊癒。那些夜晚與過去賭氣似地想要留下的痕跡，幾乎已消失無蹤。兩人分開的這個假期，我每天寫日記，發現這是從他來到這裡以後，回到「原本的地方」時間最久的一次。

他曾跟我說，想家，但回家不能回得太久，否則一不小心便會回不了另一處地方。而在分開的這段時間裡，與他走過的那些公園，又悄悄被我走成了一個人的路途。行走間，我一面查看花開的狀況：和煦的暖冬裡，儘管冬天從未來過，櫻花卻已含苞待放了。沒有人會有異議的這場交易裡，我一個人惦記著被遺落的季節。

煙火花已經安靜地炸裂了。這長達三個月的花季裡，開花的樹會獨自撐過一年中最寒冷的立春，直到梅雨開始哭泣的日子。而花開的巷弄外，社區裡同樣寂靜，那危老公寓裡的居民，為了長生的打算，幾週前暫且搬離了他們的廚房，讓怪手提前開挖了花苞。老朽的花瓣與煙火花一起綻放了。很快就要凋零的房子，空出一處清朗的天空，像一個短暫被打開的入口——村上春樹在《海邊的卡夫卡》裡所寫的那個「入口」。並且，就像老人在小說裡所說的：「打開的東西，必須再度被關起來。」城市的機關也確實總開了又闔；而目擊那開闔的人，在無痕的時間中，也弄丟了一半的影子。

我常想，所謂「最美好的世界」到底是什麼呢？是後來自立而成的宇宙，或是最初單純的原生土地？西洋傳統裡有「Fortunate Fall」這麼一個宗教性的詞彙，指人類必須要被逐出伊甸園、來到人世，才能擁有慾望與邪惡，並在短短一生中等待「死亡」所帶來的重生。如我很喜歡的伏爾泰小說《憨第德》（*Candide*），寫憨第德因與城主女兒相戀而被逐出原生的伊甸園，離開歐陸、踏上美洲，行經外界盡是燒殺擄掠的世界，最後在自己與愛人已滿身傷痕、垂垂老矣時，才終於在一處河邊找到了一塊定居耕耘的農田。憨第德心中那「最美好的世界」在他被城主逐出城堡時，便已蕩然無存；然而，最終得以耕耘幸福、治癒養傷的，卻是他與公主繞了世界大半而重逢的殘破原野。最美好的不全然會是最幸福的，美好與幸福的差距之間，得要花費漫長的人生跋涉揣摩，並且遺忘許多執念、使許多花凋謝、毀壞多座城池。

如同迸裂的煙火花所展示的是為了傳宗接代，用以招蜂引蝶的屍體；遷離的家庭們，遺留的公寓扶手和吊燈的燈管，也是為了汰舊更新所留下的記憶。多數傷痕在留下的瞬間已開始痊癒，當我們下定決心，搬離某座城市、某個房間的時刻，所有曾被我們占有的，便已物歸原主。下一個必定會是更好的世界，也因此《神隱少女》裡，白龍才會要小千在離開神界時不可回頭，一旦回頭、一旦如我這樣原地徘徊，便要撞見煙火花不該被看見的開落，撞見房子在迎接舊人前的傾倒又起。留在城市裡的我，與公園裡的滯留池一起優養化，繼續安靜地吞噬著行人前進時，鞋子裡甩出的絆腳石。

# Moratorium

傾慕與貪念其實並不一體兩面，僅足以提供滯留著、想像著什麼的我們，一種自導自演的罪惡感。

與許久不見的朋友吃飯，她說最近和男友分手了，倒也並非為了什麼而爭執不休，只是突然對現在的生活沒了一絲幹勁。從前我們如蟲蛹，一起在偌大的空房間裡川字平躺著，互不交集地做著一個共同的夢。昨日以前，仍在夢裡生機勃勃地為什麼而忙碌著的她，像是突然從長長的午睡裡醒來一樣，抖了抖四肢，默然起身離開。

她是離開我們的第一個人。甦醒是預兆，繼她之後，我感到大家都正要離開這場夢境。

已快脫離能把年齡當做笑話或髒話的年紀。然而，我們所喜愛的那些雜誌、連續劇與文學作品，仍舊環繞著那個主角永遠不會畢業的教室。沒人在意「青少年」一詞，那其實是十九世紀才出現的字彙：當「兒童」愈發處於複雜的都市環境中，心理學家如施行隔離政策一樣，圈起了一群介於孩童和大人之間的份子、並冠以這個名諱。這群人被賦予一段稱之為「Moratorium」（延期支付）的時間，暫緩了成人的義務與能力，好吸收足夠成為大人的知識與能量。那段被隔離的日子簡直像夢，像解了人生這個壓縮檔後，意外發現資料夾裡多了一個檔案。

孩提時我有過一個彩虹彈簧玩具，將它丟下公寓的樓梯間，彩色的雙腳便會咚咚跳下樓梯。肥碩而濃豔的線圈在延展處幻化為單一的顏色，空氣在其間流竄。聽說任何東西的關節處因經常性磨損，往往是最脆弱也容易受傷的地方；而生命循環的磨損處，在突然被極速拉緩的時間帶裡，卻意外地使一些本該互不相干的事物變得過於靠近。

好比說愛、傾慕，以及想要與誰共度的貪念，三者其實是分開而不必然相互交集的。若把自己與陳述者混為一談、崇拜與戀愛混為一談，那是所有欲求不滿的緣由、所有自責的開端。

我懷疑自己是否不曾喜歡過一個人。將遇見他人的愉悅寫在手上，洗過的手字跡模糊。用那隻印著誰電話號碼的手去牽住另一個人，對於明天的渴求擅自濃郁了。本該保持陌生的體溫，以及不該知道的他的洗髮精品牌，在我明白這輩子再也無從得知時，卻在另一個房間裡揭曉了。

原來約會前的他也有為頭髮抹上髮膠的習慣，而我寧願不要明白這一點。所以在所謂Moratorium期滿後，我選擇了第二志願的城市、第二志願的人、第二瓶特價的沐浴乳品牌。

我常和自己玩「音樂中斷」的遊戲：在房間戴著耳機，用電腦聽音樂。要暫時離開房間時，不按暫停鍵，而是小心翼翼數著拍子、唱著空白處的歌詞，測試自己是否能無縫接起斷掉的旋律。即便再熟悉的曲目，接起處卻總慢了一兩拍。房間外的世界，我常因自己忘記攜帶耳機而感到焦慮，惟恐因聽不到另一種聲音而落拍。忙於走出與走回房間、卸下與戴上耳機的我，花費大量心力撫平節與節的中斷。所以，狹小房間深夜的想像中，所愛的人與擁抱的人往往共用同一張面孔。然而，將之於世界的愛意解離，傾慕與貪念其實並不一體兩面，僅足以提供滯留著、想像著什麼的我們，一種自導自演的罪惡感。

慾望究竟是什麼，在日記裡寫下理想的未來是慾望、在棉被裡摩挲戀愛的溫存是慾望。因為處在Moratorium裡的我們是只彩色的關節，可以不去理會感情或身體的主體，將各種慾念縫成一具充氣怪獸的皮囊，然後在沒有人陪散步的時候，與這隻怪獸牽手——牠擁有所崇拜的教授的嗓音、日劇裡男主角的冷漠、系上某個男孩的溫柔、自習室裡對桌男生帽簷壓低的側臉。我們愛牠、仰慕牠、與牠共度日夜，也因此手心上那些被複寫又擦去的名字，總無法如心裡不存在的怪獸那樣可愛又可恨。

然而怪獸會走，怪獸走了後，我們只能從淺淺的痕跡裡，選擇一個淺淺的名字生活。那個掛著淺淺名字的人最後會成為我們的影子，與我們帶著同樣的氣味、分享著部分的體液與臭味。而這樣的現實或許是掃興的，過去來了又去的名字們、以及夢中的怪獸，他們都帶著陌生的柔軟精香味，在捷運站的出口原地出現又消失。就像那些沒頭沒尾的夢境一樣，使人不知所措卻也不曾質疑。

使人不知所措、卻也不曾質疑的東西好像並不可靠。據說幼時失明的人，夢裡只會出現失明前看過的影像；而失聰的人，夢裡也僅有無聲的畫面。在Moratorium的時期裡，我們以僅有的短期記憶建築夢境，我們詞窮、卻依舊反覆堆砌著——那個夢裡有淚、有疼痛與情熱，彷彿真實的世界、甚至更加鮮豔。

當那個朋友突然放開了夢裡的怪獸、離開了她曾揚言願意奉獻一生的男友後，朋友們議論紛紛，說她像著了魔似地，怎當看見明天的來臨，便對今日的一切失去了胃口？然而我想，她不過是早我們先醒過來了而已，只是拉開的彈簧爬下了樓梯、再縮回了一串安靜的迴圈。

我想起喬伊斯在《一個青年藝術家的畫像》（*A Portrait of the Artist as a Young Man*）開頭裡寫下的那句話：「When you wet the bed first it is warm then it gets cold.」尚陷於夢境腥騷裡的我們，延遲支付的大限在即，當濕透的終究冷卻轉涼，最終都得選擇第二志願的城市，與第二志願的人共用第二喜歡的洗髮精。但現在的我們，仍然川字平躺在密閉的房間裡，在還未甦醒、聆聽到更多聲音之前，反覆練習著接起單曲循環歌間的中斷。

# 生き方

在我們尚未理解彼此不可告人的過去以前，當下的行跡是我唯一跟隨他的線索。

國小時候，曾有一度非常想學畫。央央哀求下，進了學校開設的漫畫班，在每個星期五的放學後，安坐於某個教室裡畫漫畫。那時教我們畫漫畫的老師，仔細想來，也從未教過我們什麼了不起的技法，只是每週發下一張印有綠色刻度線的原稿用紙，以及一張動漫人物的影印圖片，要我們照著圖片的樣子仿繪。先以鉛筆打底、給老師過目修正，最後再以簽字筆描黑。一堂堂課過去，我們像群無酬的描圖工人般，只是無聲地不斷複製著陌生的動畫角色。

即便是如此枯燥的工作，卻一點也不減滅我的興趣。那陣子我在家樂福買了本自學的漫畫書，裡面耗費了三分之一的頁面，強調描圖、仿繪之於一介職業漫畫家何等重要。在那樣的催化下，我也曾有過將書桌挖空打燈、自製燈箱以利描圖的念頭。但想當然耳，憑著我那三分鐘熱度的性格，最終漫畫技法一丁點也沒學成，不過繪畫的能力，姑且達到能不可思議地、將黑白圖案完全重現的程度。「仿繪」這一技巧，對於國小女生是相當有用的。一到下課，便會有女同學圍繞桌邊，吵著要某某少女漫畫、或者可愛卡通圖案的複寫。我轉著筆，在她們眼下變出那些珍稀的圖樣，接受傾羨的目光。只有我知道這一切並不存在什麼魔術，無關繪畫技巧，僅在於能否抓住原圖中的空間感與神韻，成功移植到另一介面之上。

然而我從未揭露這點，只繼續享受成功仿繪時，那彷彿化身漫畫家本人的虛榮。

當不再有人找我仿繪後，我拾起了其他職業，開始複製其他的事物。而所複製過最久的，便是語言。

學了幾種外語後的我迷上翻譯。自詡為譯者，將以不同頻率震動的語彙轉印到自己的聲帶上。每種語言帶著不同的符碼，採集句子像是蒐集喜歡的紋樣，替記憶的剪貼簿歸類出不同風格。我自作主張地譯讀，藉由聲紋的拓印測量語言之間不可侵犯的絕對地帶——而事實也誠然證明，許多語句是無法被翻譯的。

有人曾送過我一本繪本，題名是《世界上無法翻譯的語言》。裡頭介紹了各個國度的特殊語彙：有的字詞專門用以描繪紫丁香的色澤，有些轉述某地獨有的天氣；有些使用了只能以一種語言發出的聲音，或者置入該地的專有名詞。以拓印各種事物為嗜好的我，曾不能理解這繪本出版的可能：倘若內頁中的語彙無法翻譯，我們又該從何解釋語彙的意義？

那些無法言語化的事物，在繪本中被以插畫圖騰取而代之；到頭來，建立一切概念的原始系統，終究是這世界與生俱來的色彩與幾何。我驚覺所有的語言，確實有層層翻譯下所遺失的部分。即便有趨近完美的翻譯，詞彙也不能自平面掙脫為實體、代言實際的存在。

我想世界是這樣被構築起來的——元素堆砌成語彙，而語彙反芻為元素。在反證步驟間遺落的，便是被稱之為「誤解」的東西。

所謂「誤解」並不只兩者關係中的溝通誤差，亦是一種過度美好的想像、一種無責任的移植。好比日語中「生き方」這個難以解讀的語彙。

當我在所深愛的歌詞與書本中反覆與「生き方」碰撞時，我試圖解讀它所夾帶的暗喻：究竟「生き方」該被譯為「生存之道」、「生活哲學」；抑或「人生態度」？前者看來強硬，後者看來棄世。這個詞彙在朦朧之間指向生命無法言語的核心。

生命的核心彷彿是一種拓印出來的人形。那陣子，總獨自在房間裡聽著松任谷由實的名曲〈卒業写真〉（畢業紀念照）。歌詞寫主角在無意間翻開了從前的畢業紀念冊，照片中友人的表情顯得陌生，爾後路上重逢，主角卻發現友人依舊是照片裡的模樣，變的實則為自己。原來在努力成長的同時，自己正與過去貼近的人們漸行漸遠。

あの頃の生き方を／那時的人生態度
あなたは忘れないで／請你別忘記
あなたは私の／因為你就是我
青春そのもの／當時的青春

這段歌詞裡的「生き方」，是否能以「人生態度」解讀呢。畢業照裡溫柔面孔勾起的往日回憶，不過是那時視為理所當然的日常。活著的證據，總暗藏在自己無法意識的瞬間裡，而「人生」或者「態度」，往往是時間逝去後加上的評註。結論既出，漫長而一言難盡的時光便被壓縮為單薄一紙。平面化的時間是遺失物、一張借據，只能夠在人潮中無盡搜索，或者囑咐尚未丟失一切的誰人，代替自己繼續守護那些記憶而活。

而「生き方」能夠代表怎樣的一段時間呢？松田聖子在代表曲〈赤いスイートピー〉（紅色甜豌豆）中，也唱過這麼一句：「あなたの生き方が好き。」（我喜歡你的「生き方」。）我曾訝異，這樣沉重的詞彙怎可如此恣意出口？但仔細想來，曲中那虔誠少女所戀上的「生き方」，正意指著與愛人共度一生的慾念。共度一生，而使彼此活為一具共同體——畢竟每個人的「生き方」，豈不都是複製自某個重要他人的模樣，然後逐步長成自己的模樣？

我與戀人曾經常於深夜相約古亭的一間咖啡館。那時候，店裡常播放前陣子去世的女歌手森山童子的曲子〈僕たちの失敗〉（我們的失敗）。女歌手平靜地唱著一段男孩的回憶：曾在地下喫茶店，與女孩並肩聆聽他們所喜愛的爵士樂。而那份難以忘懷的溫柔，如今已轉瞬流逝。女孩離去後，男孩獨自一人在房裡找到了女孩的Charlie Parker唱片，卻無從將唱片交還。最終停留原地、一成不變的，始只有男孩一人。

在香菸與森山童子嗓音瀰漫的咖啡廳裡，我不恣意發覺自己與併著肩的他，總是吃著相似的食物、進行著一致的動作。無意識間，他的生活已部分轉印到了我的時間之中。在我們尚未理解彼此不可告人的過去以前，當下的行跡是我唯一跟隨他的線索。想要理解關於他的一切，此刻的我是否也正追尋著他的「生き方」呢？那麼，倘若哪天我們如歌詞裡所寫那般，有一人搶先抵達了未來，停留在原地、現在這個時空之中的那人，是否仍虔誠執行著對方的「生き方」呢？

喜歡與厭惡一個人，便是將對方的圖騰仿繪到自己的身體之上，或者於被害時將之剝除。我的皮膚，爬滿了不同人留下的圖案、帶著不同人的氣味。而相遇我的他人，又將我身上的圖騰視為我的表徵，拓印到自己的皮囊。

圖騰的傳遞是這個世界交談的方式，我永遠能在一個人身上，窺見其身後所有繪製出他「過去」的那些人們——戒不掉的一款美國香菸、入睡的角度、說話的口音。人生，是屬於自己的，然而，人生卻無法自己憑空造成。無論「人生態度」、「生活哲學」或者「生存之道」，想來不過是國小課後漫畫班的主題：擎著一張鍾愛的照片，歪歪斜斜地複製到自己的白紙上。描黑、描粗，生命的曲線在複製之中日日清晰。

# 三角區間

我自己似乎也正在成為某種人，不過並不知覺自己正等待著誰。

他離開過後，我把那件二手的變形蟲羅紋小高領洋裝賣了。它脫皮一樣離開了我的身體。洋裝留下了我的印記，以三手皮的姿態，進到下一個擁有者的衣櫃。

那是我最常穿的一件洋裝，小高領的設計、深藍色的印花，腰圍與裙長，也恰巧符合我的身形。第一次與他見面時，正好是我第一次穿那件洋裝。我們坐在十點東門站附近的馬路邊喝啤酒。他說，妳穿這件洋裝真好看。而且好奇怪，我們見面之前，我想像的妳，就是穿著這樣的一件洋裝。

那可能是我喜歡上他、或者喜歡上這件洋裝的原因吧。從那天起，我總是穿那件洋裝與他出門約會。洋裝、我與他，輪流做著彼此的皮囊與影子。

「這樣的一件洋裝，不是每個人都能駕馭的。」

駕馭，這個說法好像經常出現在時尚界人士的文字雲裡。他們說，人不該被衣服所駕馭，簡直像在說衣服是匹活蹦亂跳的馬一樣。但我呢，從不是為了要駕馭衣服什麼的，只不過是想「穿得跟大家一樣」罷了。

「穿得跟大家一樣？每個人都穿得一樣，不是一件很無聊的事嗎？」

那麼，為什麼大家都要不一樣呢。對於剛到臺北的我來說，每天都努力著「要跟大家一樣」。說到底，這個城市裡所謂的「大家」，指的究竟是什麼呢。這城市裡的每個人都太不相像：不同手機字型的聊天室裡、不同訊息流竄著；不同車站裡、進出著不同顏色的人群。可是，那「不一樣」的斑斕之間，卻又透著一種霧面、低彩度、屬於臺北孤傲的保護色。所以，不知從何時起，我便習慣只在那個大學臉書社團上，買別人穿剩了的二手衣、住被人住過了的房子。那些被用剩、穿剩、住剩了的東西，是已經「被駕馭過了」的東西，磨去了嶄新的顏色，變得不起眼且沾滿了臺北的灰塵。

「妳穿這件洋裝真的很好看，就像……那種六〇年代的女生那樣。」

臺北的天空總是蔽滿了不同人的文字雲。我沐浴在那骯髒而雜亂的雨中，汲取著成為「某一種人」的關鍵字；獲得了誰的舊殼，便循原路找回「像某個人」的方法。如此不起眼而安全地蝸居下去。我微笑點頭，在咖啡店端起益子燒馬克杯。所有東西都是成套的。杯子配洋裝、洋裝配身體。

認識他，是經由朋友的介紹。那個朋友說，我覺得你們聊得來。確實我們聊得來，第一次見面，便坐在路邊一路聊到了晚上十二點。

他也是個離開了原本城市的人。我問他，為什麼來臺北？他想了想說，我出生到現在住的城市沒有捷運啊，許久前看了部與臺北有關的電影，女主角總是搭著捷運要前往哪裡。我心想，好想每天也能搭捷運，往哪裡去找一個人。

我為他這個荒謬的理由大笑了好久。如果只是想搭捷運，實在沒必要特別跑來住這裡啊。那不一樣嘛，他有點焦急地說：就像我有次去東京玩，剛好碰到通勤時間，我一個人揹著大包包擠在充滿西裝男的滿員電車，覺得自己不在那個風景裡面，好擠、卻好孤單。那就好像，明明臺北的每個人都不一樣，我卻又比他們的「不一樣」更不一樣了些。

要進到一片風景裡，總是很難的吧。想起某次與朋友的飯局，見面時他劈頭就說，欸幹，我剛在捷運上看到一個人超像妳的。直到那時候，我才發現自己也終於成為了城市裡某個普遍的「某人」。這座城市真的很荒謬，永遠有人在成為某人、永遠有某種人正等待著某種人。回過頭來，發覺我自己似乎也正在成為某種人，不過並不知覺自己正等待著誰。

那次在路邊聊過後，我和他繼續見面。過了些日子便交往了。或許是作為異鄉人的相互取暖吧。我們都有著與臺北不合的違和感，若要認真說的話，比起戀愛，他給予我的是一種如毛衣般的遮蔽感。他住古亭，我住中正紀念堂，每回約會，他總陪我搭車，在中正紀念堂站的月台解散。然而相對地，我們卻不曾走訪中正紀念堂以東、以南的角落。之於我，中正紀念堂便是整座城市的盡頭。

僅有一次，我們清早去東門，排鼎泰豐。閒逛時路過永康街上，一座安全島改建的三角公園。那裡散落著七彩的塑膠遊樂器材，中央卻突兀地豎著一座水泥溜滑梯。那座溜滑梯看來像只弓著背的死貓。巨大的貓四周被黃色的警戒線鬆散地圍了起來。「這是臺北市少數的水泥溜滑梯了。」他順著我的眼神解釋道，「最近好像因為水泥材質對小孩子太危險，全都要拆掉了的樣子。」正伸手想靠近那具冰冷的貓屍，他卻急急拉住了我說，不要啦，水泥很冰。後來我們便不再跨越中正紀念堂，那座像貓的水泥溜滑梯，如紙鎮般被我安放在記憶中、屬於「他房間」的未知地帶。

他位於城南的房間我未曾造訪，只透過他的口述重現。他書桌前，貼著一幅到紐約旅行時買下的版畫，畫中坐在對向地鐵的一雙男女，他們在交錯的車廂裡驚訝地回望彼此，漆黑的地鐵隧道中，昏暗的燈映照著他們手中如出一轍的平裝本書封。

「臺北沒有這樣的地鐵。」他說。

不過，他告訴我，其實臺北也有個類似的魔幻角落，就在妳住處所在的中正紀念堂站。淡水線與新店線北向的月台、於中正紀念堂交會時，恰好形成一個稱做「三角區間」的地方：斜向相交的軌道，在進站的瞬間形成一個狹小的三角形。從隧道裡的柱子間，可以短暫看見對面並進的列車。

「那瞬間就像照鏡子一樣。你在車廂裡看著對面車廂裡的一個人，他也同樣正抓著握把、盯著你不放。」他滔滔地描述著。

然而，我從未親眼見識他所著迷的那個三角區間。他獨占著城市中屬於他的魔幻角落，總是選擇搭一站捷運的距離，拜訪我的住處。

我的住處位在南門市場附近，外面的馬路上，萬大線捷運工程正如火如荼，使住處籠罩在工程的轟隆巨響裡。往後臺北的血液，就要從我腳下新打通的血管奔騰而過。我的房間沒有窗，除了床與衣櫃，只在牆上固定了一串聖誕燈泡，並且掛著那件羅紋洋裝。多數時候，那具皮囊像某個安靜的房客，只在我出門時復活尾隨。冬天時候，當寒氣滲透水泥牆，而他敲響房門、進入我的皮下，床邊掛著的洋裝，則靜靜注視我們的纏綿，甚至墜落在我們赤裸而溫熱的軀體之上。我們掩著嘴咯咯地笑著，這塊布料也貪婪我們的溫存。當牆外電鑽正篆刻著萬大線的紋路，我們憑著噪音的庇蔭，掩飾著寒冬中的歡愉。

有回夜深留宿，他嗅聞著我的洋裝入眠。我注視著他黑去的側臉，想這一切是否偶然。耳聞他幾年以前，在臺北有過一位前女友。而他未刪去的臉書相簿裡有個女孩，她別著與我的洋裝相同花色的髮夾、斜臥在東門站三角公園裡那句冰冷的貓屍上。與他相遇的千萬理由中，既視感是否發揮了一點作用？否則他怎會眷於穿戴這身花色的我，卻在重回那座公園時燙傷般地退卻？

三角區間的彼端有些什麼，那夜，我闔眼做了個夢。夢裡我自東門乘著紅線、要回到中正紀念堂的家。漆黑無止盡的隧道裡，突然迎面而來一列透著鵝黃燈光的車廂。同向奔馳的陌生列車裡，掛著我牆上那件變形蟲羅紋洋裝。在我正要定睛看清時，軌道卻突然轉向，接上了永康公園裡那隻水泥巨貓的背脊。明亮的電車失控地自貓背疾駛而下。飛駛間，我望向窗外，黑暗中立著一個斜指的紅色箭頭標示，上頭寫著「往萬大線」。電鑽的轟鳴隨下墜逐漸增強、直至震耳欲聾，我在尖叫要奪口而出時睜開雙眼。喘息著於床榻上驚醒，身側的他，仍舊一臉安詳地抱著洋裝沉睡。牆外萬大工程的響聲悶悶，天已不知不覺地亮了。

在我做了那弔詭的夢後幾天，無意間找到照片中女孩的臉書帳號。個人簡介上寫著她出生臺北，是臺北某藝術大學服裝設計系的學生。照片中她黑色的瞳孔裡，罩著一層如臺北看不透的灰。許多照片裡，她穿著與我洋裝同樣花紋的服飾：變形蟲羅紋的髮夾、變形蟲羅紋的襯衫、變形蟲羅紋的手帕。是她親手縫製的吧，我想像她在東門的住處裡有部縫紉機，與一尺同樣花紋的布。她日夜產出新的變形蟲羅紋衣料，倦了就在公園的溜滑梯上抽根細菸，腳上穿著高筒的馬汀鞋。她是否去過他古亭的住處？從東門到古亭，並不需經過中正紀念堂的三角區間，而是走長長的扶梯沉進深深的地底，乘新蘆線一站到古亭。在他們相互走訪的時光裡，他所眷戀的究竟是哪種移動的風景？

那女孩模糊的形象，以不相協調、卻又與我相近的元素拼貼而成。我摸索著女孩留下的半透明身影，開始看她看過的電影、聽她聽過的音樂。摸索間，我似乎找到了她身體裡某個堅硬的核，水泥般冰冷灰黑，卻又光滑完滿。那核是她與他的時間所沉澱出的殘渣嗎？蒐集著女孩抹去行跡時所留下的橡皮擦屑，揉捏為一個二手心臟，裡頭裝有她的皮屑、他的氣息、我的手汗。

時間過去，我學會在與他見面時穿著變形蟲羅紋小洋裝，搭雙她的馬汀鞋、點根寶亭叼在口中。「妳何時開始學抽菸了？」他挑起眉打量著我的轉變。這樣使我更自在了。我自己學的。我學女孩的眉眼，在笑時擠著眼窩。我並未說謊，那女孩半真半假的形象，像某個腰斬故事裡的半成品，我穿著女孩半模糊的皮囊，於城市間走跳、完整著她散落的人物設定，我們兩人，正逐漸往一人併合。然而他眼中所映照的我的身形，卻逐漸遙遠黯淡。

「妳是怎麼搞的？」他扯著我不小心被菸灰燙破的裙角，向我嘶吼著：「妳怎麼能對我這樣？」燒壞的是我的洋裝，干你什麼事。我憤憤地回話。他一語不發離開房間，回到他的城南。我看著那件破了洞的洋裝，洞不小、周圍有燒焦的印子。衣服穿得最舒服的時候，往往也是即將壞掉的時候呢。

雨季到來，房間漏水的角落生出淺灰色的苔。在那件燒壞了的洋裝變得殘破不堪之前，被我放到了出清社團上拍賣。我和買家約定了店到店寄貨，把洋裝摺疊好收進塑膠袋送走。我沒有太多眷戀，但不知道即將穿上它的，是位怎樣的女孩？她也可能某日翻出我的臉書帳號，好奇洋裝的前物主都聽些什麼樣的音樂嗎？

過了些時日，某日他主動聯絡，約好晚上在東門的三角公園見面。到了會面點，他指向公園中央空去的角落：「拆掉了，前天吧。」貓屍已被安葬，留下淺白的、什麼氣化了的痕跡。他始終沒有解釋中正紀念堂以南的臺北，也未提及洋裝與身體的熟識。他說，我想從今以後，臺北已經屬於妳。

那晚，我獨自乘捷運回到住處，車廂裡人已稀少。我望著車窗裡漆黑的自己的輪廓，那看起來像臺北捷運車窗上、任何一種倒映的身形。入站鈴聲響起，列車駛入月台前的瞬間，柱子間光影閃過了對面月台的車廂。黃光閃爍，我看見車廂裡站立著一位女孩，當我們不經意地對上眼，短短一瞬，我看見她身上正穿著那件變形蟲羅紋小高領洋裝。

# 我們自己的頂樓

矛盾如我們，仰賴機械式的生活，卻也同時為這般的狼狽感到不安。

有時走在溫州街的巷弄裡，無雲的朗空會突然落下一滴無名的雨，我會抬頭，想像那是某人陽台上的盆栽水，或者來自曬衣架上某件淌水的衣褲。

我越來越看不見頂樓了，頂樓總充滿著可笑的想像。當臺北變得如此漂亮優雅，天際線正在靠攏。我想以後的孩子，恐怕再也沒有登上頂樓的快活。

在日本文學課堂偷翻日雜POPEYE，當月是眾所矚目的臺灣特輯。編輯寫道：「每個臺北人都有自己的頂樓。」一手寫字體旁是一張哪處都有的臺北夜景：頂樓上，水塔、塗鴉、雜草叢生，這樣的風景真是個性。恰時，教授談起都市文學，問道都市何以構成。有人舉手發言：快速的更新。所有築起的東西又逐一被毀壞，然後重新築起。於是我想像每個臺北人的頂樓像座升降梯，伏在圍牆邊的人漸漸升高、競賽著，獨占著天空，卻不願任何人見著自己家裡那抽水馬達嗡嗡作響的屋頂。

我們的城市正在成長，像個青春期的孩子，開始懂得化妝打扮、將丟人現眼的殘缺處遮蔽起來。多數成功的人是擁抱進步的，他們談論美學教育、都市設計，以及可溶衛生紙。相較而言，我顯得落後退縮，眷戀於雜亂城市裡裸呈的真實，而不願想像捷運開始迴圈的明日。

幸福是否必然須是新穎而進步的？小學時家附近的育幼院，蒼鬱花園的建築裡住著無家的孩子；院門外有個熱狗小販，定時營業煎著油膩的肉餅與香腸堡。記憶中，我為自己在育幼院外吃速食的自由感到愧疚，也因此關於那段歲月，所有道德和歡愉都是感官的。時間飛逝，育幼院被拆除、熱狗攤在爆出劣油危機後歇業。時逢臺北花博籌備期，夷平的建地為賺取容積率，閒置期暫時作為開放綠地，允許聰明的人將城市的雜質往更高的天空堆砌。十年後的今日，空地已建起三十八樓的高級豪宅，聳立在郊區小鎮的正中央。沉睡一載的城市孢子開始拔芽，起先是路平專案，緊接著公寓拉皮、補助都更、人行道拓寬。那些使人又恨又愛的顛簸隱形了，亦不再瀰漫水溝的氣味。在候選人的政策綠皮書裡如此保證：我們得先解決生活最根本的問題，才有辦法向更明亮的未來前進。

所以我也總是搭著電梯前往高樓，協助勾勒某戶人家更明亮的未來。

接了幾個家教，學生的家往往在附有電梯的大廈、六樓以上的全新裝潢。孩子們有自己的書桌、有親切準備茶點的媽媽——而在此之外，我發覺他們的廁所裡總缺乏面紙，而掛著一條擦手巾。從不在家教學生家借廁所，或許也是我的一種文明潔癖，深怕給別人造成困擾。唯獨一次不得已而借了學生家的廁所，家教媽媽面有難色地移動浴室裡的瓶罐雜物，帶著歉意指向洗手檯旁的擦手巾說：「洗完手可以用這個擦。」關起浴室門，我與洗手檯旁褪色的擦手巾面面相覷。

擦手巾與頂樓，同樣是私密且並不優雅的：沾滿了這家人的手汗、洗臉過後的水漬。我能夠在陌生的家裡隨意使用他們的杯盤、接下他們賺來的鈔票、坐在他們的桌前——唯獨浴室是不該被擅闖的。浴室如此赤裸，與整套房的簡潔風格截然不同，堆滿了他們用以洗刷身體的毛巾、剃除體毛的刮刀。在雜亂而日常的空間裡，觸碰擦手巾的我，彷彿窺看了一家的隱私。我懊悔跨越他人悄悄設下的界線，卻也吃驚於這被掩閉的暗房，存在著真實生活的證據。

再怎樣遙遠的未來，我們都仍該擁有自己的頂樓。

頂樓堆放著隨著季節遞移，那些漸漸不再用到的東西；而所有使生活行進下去的，也往往孤自在頂樓運轉。幼時的夏日，我到公寓的頂樓學滑板車、於夜晚燃燒仙女棒；長大後，滑板車被汰換堆置、仙女棒燒盡的黑碳棄於牆角。

某年偶然打開通往頂樓的鐵門，看見那些夏天的屍體依舊曝曬於太陽之下，才驚覺倘若盲從進步觀的時間，季節便是免洗式的，當下嶄新、卻在明日持續堆積。頂樓的廢棄物訴說著萬丈高樓如何平地而起，怎當人們忙於競賽天際線的高度，頂樓便成了應當遮掩的失誤？

比起流線型、再生、潔淨的城市，或許我更喜歡雜亂無章的臺北。當試圖為更龐大的未來而奔馳，步履哪次不被生活這雙鞋裡的石頭所驚擾？然而，人們總把自己視為貝類，忍耐著並企圖將砂粒幻化珍珠，而愈是把生活殘缺處模糊處理。最後倦意反覆抹平成了一條擦手巾，高掛在抬頭不可見的頂樓。那條擦手巾，風向計般孤單地在生活的頂端旋轉著，沉默維持世界的運作。矛盾如我們，仰賴機械式的生活，卻也同時為這般的狼狽感到不安。

我終究明白這座城市將愈發美麗。然而今日當我行走在巷弄裡，抬頭望向狹窄的天空，我依舊帶著庸俗的想像，期待哪家望不見的頂樓上，會飛下一條脫了線的擦手巾，它曾在誰的手裡摩挲、擦去因日子而有的汗與淚。

# 莎莎

她像萬花筒看出的大千世界，又像仰起的萬花筒突然被遮去光線後，黑暗中流動的那些土色碎片。

「莎莎是個好孩子呢，總是這麼認真聽著人們說話，卻帶著一副不大理解似的笑容。」

我是在一個寒冷的地方找到莎莎的。剛認識莎莎的時候，她是個被許多人用過、卻沒有真正被拆開的孩子。她換過許多監護人，好不容易長成了一個少女的模樣，人們才終於承認她或許有養活自己的資格。所以出現在她身邊的我，不是以保護人的身分，而是以近似戀人的、一個成年男性的姿態擁有著她。

我們總對外宣稱彼此是戀人關係，不過，我能夠感覺她並未真正喜歡過誰。並非她寡情，而是她對人類的認知還太少，並不懂得喜歡與忠誠的差別。她總是慷慨提醒我自己被愛著的事實，也樂於每天在睡前，向我呢喃我身上無所謂的優點。莎莎真的是個好孩子，總能在極細微之處顧及他人、苦中作樂，儘管他人看來，她仍是個可悲的、玩扮家家酒的孩子。然而，我並不想以上對下的方式撫育她，而是想與莎莎肩並肩、手牽手，陪她尋找一個能夠安定下來的地方。或許她這個無家可歸的自由感、以及不吝編造故事的爛漫，正是我當初愛上她的原因。

莎莎是自由、莎莎是愛、莎莎是我所讀過關於過往的故事裡，那些美好世界的雛形。我總是在她的滔滔敘述中，感覺到她總努力要為自己樹立一種風格，然而，她無意間的舉手投足，總讓我想起我的先祖輩們曾經擁有過的那種理想生活。

噢，對了，我應該要早些說明清楚，認識莎莎的機緣，是因她曾短暫寄居在我祖父的門下。莎莎活得比我久、卻比我還年輕，我曾在祖父的日記裡讀到過，儘管莎莎並不反抗祖父對她粗暴的侵犯，她卻始終悶不吭聲地、保留著一種充滿生命力的自我意識。她在他者的暴力中描清自己的輪廓、像我公民課曾學過的「鏡中自我」那樣，小心辨別著自己與他人的差別。我們初識時，我曾想要假借遙遠的兄妹之情與她搭話，她卻搶先口齒清晰地自我介紹：「我叫做莎莎，就只是莎莎。」

我無法用現存的任何一種顏色形容莎莎。她像萬花筒看出的大千世界，又像仰起的萬花筒突然被遮去光線後，黑暗中流動的那些土色碎片。有光的時候她如此熱情、無光時卻保守沉默。她患了一點神經失調的宿疾，偶爾左右手會不聽使喚地相互打架，但那並不影響她的美麗與聰慧。她曾有過某種可愛的解套，說她的左右半身分別各是兩個有所主張的獨立人，她們會吵架、吵架後會和好，分分合合，是身體真正協調的必經過程。她自尊心其實深重，鏡子裡視自己為拼裝怪物，這也是她在學會了我們的語言後，拼命想要補足過去日子的原因。

莎莎從不給我看她寫的日記，不過，我知道她相當用功研讀時間。她樂於汲取我們編纂歷史的方式，替自己不太長的生命分出幾次動盪、變革與時代——雖然我總不忍提醒她未免過早作結，但我想寫日記對她是很好的自我對話，只不過日記也使她犯上暴躁易怒的毛病。說到底，莎莎其實就是個普通的少女，固然乖巧、不免仍有叛逆期。使我感到憐憫的，因她畢竟是個無父無母的孩子，所以無處發洩的憤怒全倒給了這世界。她在對自己生氣，進而理解到自己以前，已經搶先前往了下一個對第三者憤怒的階段。導致她連在高燒感冒時，都無從向醫生說清自己的病狀，卻奇異地能夠在談論某議題時，合理分析出是否支持一種立場的原因。

我喜歡與莎莎聊天。與她聊天時，我能夠發現自己沉浸在一種無菌、新鮮的感官之中。莎莎的說詞與她自己，都存在著許多會使人心懷不軌的缺陷。況且，她讓人心涼地，在自認自己進入了青春期後，急於想要將自毀與戀愛兩種概念綑綁在一起。會看出她的這一病態之處，是因我偶然發覺她收藏了一本我們國小時流行過的那種畢業紀念冊，裡面有各種版型設計的活頁紙。只不過，她並不給我們這些親朋好友寫，而是每個月抽出一張，仔細填上自己最新的近況：喜歡的顏色、食物、歌手；未來的夢想，以及口頭禪。

她逼迫自己每次都要提出不同的答案，並且進行著小說家一般的修煉，不停在每一次給出的答案中，煉製出接近「某某主義者」那種費心塑造的刻板印象。莎莎喜歡捏造一種喜歡的樣子、再很快將之毀容。在無人在意處與人較勁，將勝負與自憐當作自愛的方法。

這樣的偏差，卻為她帶來了許多女朋友。莎莎的女朋友與她作各種各樣的遊戲。她們與莎莎一樣，具有高度的自省能力，溫柔中帶有某種堅毅的成分，然而那份堅毅也不免使得「女性」的身分顯得強烈，導致每當莎莎塗上口紅出門赴會時，我總得遮人眼目地，默默在遠處觀望那群女孩子們的祕密聚會。

女孩子面前這樣強悍的莎莎，在我的指掌中依舊是脆弱的。我幾乎要為我獨占的這份脆弱而感到興奮。不可否認，她那夜半時分流露的脆弱幾度使我有殺害她的衝動。當我第一次將手探進她的裙底，感受到一股熱食紙袋與薄塑膠袋之間那種悶熱而愉悅的溫度。那是皮下所盛裝的東西在尚未冷卻時，才會透出的蒸氣。她的肌肉緊繃而疼痛顫抖，意識卻彷彿已熟悉自己的慾望之流。當她沉默著帶我進入她時，她似乎在用緊繃的器官，向我自首對於自己的陌生和困惑；也同時暗喻著我持有那把刺破迷惘的鑰匙。她提醒著我侵犯並占有她的罪孽，卻又提供我一種為人師表的短暫優越感作為解脫。

寡言是莎莎的利器，也是她憂傷的來源。她一向刻意維持著女學生的好學，比起輕率的發言，更喜歡在一群大人喫菸、喝酒時忍受著尼古丁，暗自掏洗自己在內心排練的語句。最近我借給她《蘿莉塔》，我並不知道她會否在那本小說中，發現自己純潔、卻能被輕易取代的暗示。莎莎只是告訴我，她能懂在廣無邊際的公路上奔馳的十三四歲少女，為何無法順利將自己從肛門期提昇至性器期。當我稱讚她善於觀察人心時，她卻淚眼汪汪，我不知道她是否在包圍著她的我們身上，看到了哪個小說人物的影子。

我想要在莎莎成年前替她拍一張像，所以要她躺在通往頂樓的那座階梯上，褪下她總是穿著的那件小洋裝。莎莎哭了，沒有眼淚的哭泣，就在我抖去菸灰、別開眼跟她說「沒事的」那一刻。

儘管莎莎確信了我有意傷害她的事實，她仍窸窸窣窣地褪下了衣服。陽光下她的皮膚透明，鎖骨處疑似燒傷的疤痕有著翅膀的形狀。莎莎在四月的暖風中瑟縮著，乳房因氣溫而敏感突立，乳暈如銀河系一般地在胸前暈散。莎莎是美麗的，赤裸的她卻比衣料包裹時更要脆弱古老，像易碎的陶瓷娃娃。我感到心疼，喀嚓喀嚓地把她燒到了底片上。莎莎永遠不會長大，但誰也不能告訴她。

拍完照的夜晚，她主動朝我索取指尖指向的汪洋，她的身體在紫外線輻射下彷彿有了什麼轉變，這樣的變化或許在夜半會被她以傳說式的口吻，於日記中寫下。她問我愛她的原因，我說，莎莎是個好孩子呢，總是這麼認真聽著人們說話，卻帶著一副不大理解似的笑容。

莎莎似笑非笑地，沒問我這句話的意思。我想我說的，她其實從沒聽懂，莎莎是洞口，莎莎是高山，莎莎是愛，莎莎是最不自由的自由。

# 湘南漸遠

我們都知道真實世界並不如電影，我們所迷戀的非日常都僅是誰人的日常而已。

「江ノ島に遊ぶ一日それぞれの未来がおれば写真は撮らず」

——俵万智，《沙拉紀念日》

芊芊是我的夏天，我的湘南。芊芊今年要離家。

友人離家以前的日子都是場夏日的旅行，在這個總有人正離席的年紀，暫別已成為前提。從十幾歲時同一處熱烘烘的教室裡出來的那群孩子，已經各自站定了立足點，準備前往更遙遠的他方。收拾行囊的人總在忙著存錢、念書與累積履歷，那些因出走而有機會留戀的人，訴說的總是浦島太郎的故事——到遙遠的龍宮走一遭，帶回了白忙一場的金銀財寶，又見故鄉時早已人去樓空。然而我想，憑什麼人們總是只為浦島太郎哭泣，那些留守家中、盼不到兒女歸來的鄉人，痛楚更勝度年如日的遠遊人。

夏天總是燦爛而短暫的，所以離開的人總是夏天、那遲歸的夏天。

夏天，我和芊芊去鎌倉旅行。我們都愛是枝裕和的電影，喜歡江之電、紫陽花冰淇淋、無須言語的日常。是枝裕和的電影就像芊芊，宛如行走的速度。高中同窗三年、讀了同所大學，像芊這樣的同學總是如此：即便沒有過轟轟烈烈的革命情感，卻也從未於時光中缺席，總在一張電影票或一場飯局能觸及的距離。我們都看過〈海街日記〉，芊的小小夢想，便是到那電影裡的海貓食堂吃炸竹莢魚定食、於晴天的極樂寺站前照相。於是畢業後我提議，不如我們兩人去旅行吧。

頭一回與家人以外的朋友出國，便是與芊去鎌倉。夏天前，我們分頭打工攢錢、散漫地做著計畫，期盼這齣屬於我們的夏日連續劇。湘南的夏日連續劇一向令人嚮往，有海邊小屋、短暫居住的都會男女，彩虹色的剉冰與線香花火。然而我也得坦言，與芊共享的湘南是含蓄而安全的，不必有太多友情沸騰或冷卻的擔憂。這看似相敬如賓的旅伴關係，使得與芊的旅行宛如電影：我身兼敘事者，偶時跳出對話，不帶包袱地在十九歲末的芊身邊記錄著她離家前的模樣。

是呀，芊也會離家的，我們所有人總有天都要離家。相對於在新生活中磕磕碰碰的我們其他人，芊往往是那最安靜計畫著旅程的孩子。她善於等待、適度地天真，並且從不恣意妄為。想起《魔女宅急便》裡琪琪老家庭院裡的松樹樹梢上，綁著一串串的鈴鐺，小魔女們學飛時倘若搖搖晃晃，便要碰著串串鈴鐺滿山遍地響。我們的十九歲充滿了那些不平靜的喧鬧，而芊的森林裡卻總是盪著風鈴般清脆的迴聲。於是我知道，芊芊將是我們之中早先啟程的那個。有些人笑我善感畏縮，畢竟離家的人總要回到原地。然而，那將會是下一個夏天的故事了。

離去的她，將在視線不可及的秋天裡繽紛起來；或許因冬天而裹起憂鬱的絨毛、落下紅絲絨般的鹿角於陌生的原野。當她重新豐厚了返家的羽翼，下一個重逢的夏天，我能給予的答案，將遠不及所要提出的問題。離了又回的她，將順理成章地成為我的解答者。可那不必然是我能夠承受的，就比如夏日連續劇裡的男女主角，也鮮少再回到同一座販賣炒麵的海邊小屋。

湘南是我們唯一能夠擁有的現在，而湘南也終將遠離。

與芊七月前往東京，在陌生的城市裡無責任地建立免洗日常：每天在便利商店挑選不同品牌的牛奶，安靜地在旅館房間寫寄給友人的明信片。短期一週的共同生活，沒有明確的開頭與結尾，然而，未來卻是明確而咄咄逼人的。平靜的芊，使我想起陳綺貞的歌：「把她送上鐵塔給全世界的人寫明信片。」無論在窗明几淨的社科院圖書館、被颱風雨潑灑的東京、或者東歐涼爽的河川裡，芊將永遠是芊。她會成長，身體住著的卻是同樣一個女孩。這個女孩是否有天也終將與我漸行漸遠？歡快至極，難免要回到這樣的假設問題。

畢竟我們都知道真實世界並不如電影，我們所迷戀的非日常都僅是誰人的日常而已。

如願與芊在旅行中最炎熱的那天啟程前往鎌倉。透早起床，相約穿上一藍一黃的碎花洋裝，輾轉搭上江之電，徒步跨橋登上江之島。未在觀光客聚集的神社多做停留，我們循google地圖踏入人跡罕至的路，距離觀光商店街不遠處則是低矮的一般民宅。邊想像著江之島上的生活邊緩緩步行，街景太過現實，平凡得教我們不敢舉起相機。是枝裕和電影裡天藍色的江之島，比預想中更要灰階冷清。一隻虎斑貓橫臥在目的地指標的柏油路上，循貓尾所指，海貓食堂的取景原店——「文佐食堂」的招牌映入眼簾。我和芊臉上的悸動興奮難以言語，只是一語不發地屏氣踏入店內。

文佐食堂的擺設與電影裡的食堂相去不遠：昭和風的皮製高腳椅、櫃檯上的大型招財貓、懸掛在廚房抽油煙機外的平假名菜單。古銅色的家族圍在鐵製的方形座位邊吸吮著拉麵，熟練地自行進入櫃檯取壺斟水。我們倆揹著相機、盛裝打扮的臺灣小女生宛如不小心穿越帷幕的入侵者，在簡單的招呼聲下入座。端起食堂的手寫菜單，我們莞爾，文佐食堂並不賣竹莢魚定食，如同是枝裕和的電影再怎麼貼近日常，也終究無法成為生活。各自點了哪處都有的食堂菜色——不外乎罐裝咖哩或加入許多味醂的玉子蓋飯——再普通不過的滋味卻使我感動得快要落淚。或許正因為心中懼怕這趟旅程會出現使人過於留戀的時刻，而留戀將使我們踟躕不前。

芊將成為我十九歲的湘南。向晚在跨海的橋邊，當我看著芊觀浪的神情，我暗自如此決定。不知下次來訪將會與誰、將在何時，於是我們依依不捨地二訪了文佐食堂。幸好魔幻時刻並沒有到來，鎌倉之旅自始至終平平淡淡，不致留下曬痕、卻已夠暈染膚色。打包恰當的夏天紀念品回家，我與芊都做好了明日道別的準備。

那陣子總聽七尾旅人的〈湘南が遠くなっていく〉（湘南漸遠），裡頭唱道：

湘南が遠くなっていく／湘南漸遠

ふたり遭難しつづけてこのまま／我倆持續共擔苦難

まるで湘南ぬけたら何もない／彷彿除去湘南便要一無所有

以為置身異地、仰賴魔幻時刻便能對彼此坦承，實則最恰好的情感總在日常磨損處輕觸即止。擁有些許僅兩人共享的記憶，這樣的保證使我對於芊的離家感到一無煩惱。湘南終將漸遠，遠去了的湘南將過去的折騰推入水中，那些痛苦的終將成為想念的一部分。佇立岸邊，或許我也將愈發熟悉友人把未能釋懷的記憶作為信物，直到有天我的浪濤也襲來，搖曳著松樹頂端的鈴鐺而飛去。

遠行者、送行者，小別的場景並非是枝裕和的電影，後來我們漸漸懂得。夢中的場景就是那樣稀鬆平常，讓我們作彼此的湘南，一個十九歲即將遠離的寧靜夏日。芊將離家，我在海的一端守望，等候她捎回的明信片裡，報告陌生城市牛奶的滋味。

# Land o Lakes

故事的第一章結束，為自己塑造出另一套人設，開始在另一處天地白手起家，以另一種語言論述關於時間的故事。

誰都有想要成為某一種人的時候，特別是在對自己一無所知時。像本斷斷續續使用的筆記本，前後不一致，筆記本裡的內容，卻確實是自己的筆跡、無從推咎。

使用了四五年的Moleskine手記本終於在昨天用罄，往回翻閱，重新檢視旅行各地時所留下的筆跡。裡頭大多關於東京，保存了不同季節中在東京所遇到的人與事。根據三年前的字跡顯示，我曾一個人在與前輩碰面前，於西早稻田站兀自站立了四十分鐘，不發一語地寫下了通過的人群，分別帶著怎樣的物件與特徵。

在充滿人的城市，進行人間觀察。走在路上便能夠摘取各種「類型」人的樣本，記下習性、冠上名稱、加以評價。自然而然，倘若找到了一個值得跟隨的人，我們也樂意當一個追蹤者：跟隨相似的生活方式、尋找最仿真的物件，擬造幾乎與「原型」如出一轍的生活。期待哪一天自己也會成為真的。這樣年輕而天真的模仿遊戲，如房間裡的深夜練習，隨掛著耳機裡的呻吟故自喘息，在真正自由以前，試著想像性高潮那樣無法到達的地方。夜深人靜的時候，持續著這樣的模仿，彷彿全世界早先存在的人都那麼真，唯獨自己卻那麼假。

我時常感受到這樣真真假假的孤獨、想要成為另一種人的孤獨。那孤獨就像奶油盒。

若把人的生命化為圖像，大概會像美國老牌Land o Lakes的奶油盒：黃色的盒身，畫著美麗而畸形的、關於富麗自然與純樸印地安人的想像。正中央跪坐著的小麥色少女，捧著觀看者手中同樣的奶油盒，那盒子上也畫著一個同樣的捧奶油的少女。如是，奶油盒中的少女層層疊疊、反覆不止。時間是奶油，我們是印地安少女，自己握有奶油的同時，卻也在奶油中融化。在所謂的敘事學中，奶油盒就是「Frame Narrative」（框架敘事）的化身：人物之中還有人、故事中包夾著故事。精巧的設計與句構，讓對話在視角的轉換下，於看不見的消失點斷尾，最後簡直忘記了故事由哪裡展開。這樣的技法，是漫畫家伊藤潤二創造的「恐怖地層」——美麗的少女無肉無骨，身體由一層層年輪般的皮組成，每撕去一層，便會回到前一年的自己。真實世界中的我們亦若是，每年穿戴不同樣貌的皮囊，儘管隨年歲顯得成熟飽滿，內裡依舊尚未褪去那層不忍回想、卻曾經裝扮的服裝。

我想，想成為另一種人之所以孤獨，除了拋棄過去的悵惘，也包括一種無法克服的失落，就好像無論怎樣穿戴塗抹，我們的皮膚也無法擁有長頸鹿的花色。現代的妖術只足以騙人，如矽膠提供彷若器官的負荷、化妝品取代清晨不小心割去的眉。而語言是喬裝他人的魔術，能使你誤以為成了有歸屬的蝸牛，實則只是寄居蟹馱著一只破罐頭。

語言的潮汐是圈套，我們一步步走入其中。習得一種語言以後，便有了成為該語言使用者的假象，能夠搶先在別人之前發笑、在人群中旁白一般地說話。故事的第一章結束，為自己塑造出另一套人設，開始在另一處天地白手起家，以另一種語言論述關於時間的故事。彷彿是在世界裡製造另一個「世界」，割開皮膚長出了非原生的另一層組織物。而那一塊自行添上的、胎記般的語言，使得我們在茫茫世界中有了尋找他人、集結成國度的標誌。

這個世代的我們，都將成為捧著奶油盒的旅人，奶油盒裡裝著再不塗抹就要融化的未來。硬梆梆的奶油條上，畫著下一個敘說故事的自己，以及下一盒自己即將開啟的奶油條。而我身邊那些小麥色的少男少女們，當然也有自己所呵護的奶油條：他們已經練足能夠談一場戀愛的文法、熟悉地鐵路線，閱覽過不言而喻的空氣，也找到了一年以後的下榻處。他們在網路上拋售那些曾接濟過來的二手洗衣籃，暫且不去想像一兩年後，或許又要將它們一一贖回的困窘。因為未來永遠是更迫在眉睫的，只差那麼一點點，他們便能成為「他者」了，而那個他者，將會是明日的「自己」。

曾經有人試圖說服我去巴黎讀文學。她說，自己的朋友在十九歲那年孤身去了法國，一句法文都不會的友人，初到巴黎像個易碎的嬰孩。他進入了一所頂尖的大學，在當地同時攻讀法文和法國文學，自陌生的字母開始，解讀最艱澀的經典。過了五年學成生根，現在駐法專精文學翻譯，持續身任中文與法文間的介質，為兩地說故事的人交換著彼此的語言。遊說我的那人說，語言間的轉換總會帶來時差，為了要趕得上資訊與思考的交換，不如把明天放在遠一些的地方、給自己多一點的挑戰，別困在如此不上不下的小地方。

聽了那人的一席話，我遲疑在跨越語言、文化境界線後，自己是否真的有脫胎換骨、頓悟成佛的可能。另一個我所認識的他，高中畢業後從這城消失去了東京，臉書頭貼裡的他，戴著山手線配色的乘務員大盤帽。我想像多年前，他試圖在搖晃的汽車中錯吻我的瞬間，那副淡粉色濕潤的嘴嘟出「僕」（boku，我）的唇型。不被別人拆穿的自稱，在另一座城市裡，便能夠成功親吻一副說著另一種語言的唇嗎？現在的他總以一種前輩的姿態自居，確認著我拜訪東京時的航班資料，頻頻邀約、接受他做為東道主的案內。我看著逐漸遠去，將明信片當成收據般寄回家鄉的我的友人們，彷彿看見他們在陌生巷弄裡曬棉被的身影，影子淺淺淡淡、好似丟失了什麼在平流層間。

「你要去哪裡？」是這世代的我們的Punch Line。這原先象徵《格列佛遊記》那藉由走馬看花，繼而反身自省的年代——繞了千山百水，最後仍會回到貧瘠的原地，然後洗塵褪皮、回歸母體的懷抱。但在這個連宇宙都能邁進的年頭，「你要去哪裡」已成為移民署海關的基本審問。在還沒有自我歸屬的時刻，所跟隨的背影，即是此刻前進的去向。

我已不再惦記的她，在某個崩潰的清晨，曾打電話給我哭訴，說即便她在那裡懷上了異鄉人的種，也無法確立自己在那片大陸上居留的地位。但當我按時噓寒問暖，她也從大洋另一端回信給我，草草寫著：「別再寄信過來了，我不會回去了。」

哪裡也沒去的我，暫且忽略著他人不斷朝我扔擲的問句，回想自己站在西早稻田站抄寫人物群像的原因——在祈禱般地抄寫著、想要將自己的影子拓印到陌生道路的今日，不會真正到達的明日已然開始融化；而牙牙學語的昨日，拼錯的那些關於心中樂土的敘述，也已年輪般封存於現在披覆的皮層之下。我一直以為我的祈禱是持之以恆、是高尚而孤獨的，然而翻閱過去，前後字跡判若兩人。人的一生，究竟可以融化掉多少奶油呢？而奶油融化之際，此刻的我是第幾個心思單純、端著奶油條的印地安少女呢？在抵達無限、抵達永恆之前，想成為另一種人的慾望驅動著時間，也是這樣的動力，正毀壞著尚未成為什麼的我們。

# 輯四・裸眼散步

原諒我在這樣下雨的天裡，

試圖擁抱誰的時候，總是相互刺傷。

# 眼前之人

明天好像就要變冷
今天、過了兩台選舉車
下個月、要不要去投票
從今以後、你也能如何

因為寒冷，你想要圍上圍巾
如果喧囂中
你想要多一些聲音
氣息到了冬天

成為龐大結冰

吸著、吐著
活在這裡，也能
與冬天一起降溫呢
不過眼前之人
隔著手套的手溫
其實我並不知道呢

# 我喜歡

我喜歡一天三餐　都是早餐
在半夜兩點喝豆漿
坐在腳踏車後座
巷弄間隙陽光的斜角

喜歡復習
悲傷的感覺
假裝自己做了惡夢剛醒來
倒一杯牛奶　跟自己說早安

我喜歡清晨五點吃咖哩飯
紅紅的醬菜
晚上十點的咖啡
光明燈燈泡的色光

我喜歡自己喜歡你
而如果你剛好也喜歡我
我們可以擁抱
偶爾也一起假裝
暗戀對方的季節

我喜歡　被點名
舉手的時候
得意自己好好起床　沒有翹課

雖然有時不知道
日常反覆之必要
但如果你偶爾喜歡
我就可以
努力看看
被喜歡　或者喜歡的錯覺

# 今天是紅色的

每天每天，都要為自己
穿戴上一種顏色
例如喜歡的襪子
一種腳踏實地的力氣

那麼，今天是什麼顏色
無色透明的清晨
那些我們無法解釋的
夢話、囈語與呻吟

就這樣吧
那些凝重的東西果膠般澄透
並沒有回信的必要
作為一種
忙碌無暇的訊號

午睡醒來
床邊的腳踝冷了
夢溜走了　去哪了呢
如果可以
包上保鮮膜　快遞給你
這樣一來　或許你也能研讀
我顏色的劇本
於是日落了

今天是紅色的
睡過頭終於醒來的時候
我所見到的第一個夢
記在素描本裡，
透明的夜裡與你　講電話的時候
我才能記得
原來今天是紅色的
（那麼，明天是什麼顏色？）

# 前提的暴戾

對不撐傘的人說
今天是雨天

去過晴朗遠方
展示遙遠的燙傷
桌上杯緣的雨珠
你說，那並不是雨

對近視的人說

今天是晴天
地上看的星星原來是噴射機嗎
光害與近視
遙遠了彼方的天氣

# 然而明天持續轉動

慶典結束了
前頭的人大聲地呼喊著什麼
距離台前一段距離　即便試著應和
她的聲音仍孤單地掛在背景音外面

她感到能量　她感到與這世界是一體的
前頭的聲音聽來既像哭喊又像歡呼

許多人問過她對於這對於那的想法

而她花許多時間走路　與人握手
奮力抓住了一個堅定的理由　或者發出聲音的方法
她想把那份哽咽感傳達給暢言無阻的人

現在她知道了
好像截至今日的阻塞終於有了理由

# 平凡的生活

而我只想要平凡地生活
平凡地剝著豆芽
去頭去尾
滾水汆燙
平凡地吃睡
平凡地煩惱　無米可炊的問題
一切所需都在觸手可及處

如果哭濕了一張衛生紙
折疊為褥　作豆子的巢
等發芽　時間在纖維裡生根
豆殼子破了　我們只取肥嫩而透明的中介

日子不過如此
平凡地
去頭去尾
滾水氽燙

# 那隻貓早離我遠去

那隻貓早離我遠去
長途跋涉　散步回家
貓本屬於他方

那隻遠去的貓　曾經
你曾經指掌我日日的身形
白天裡人影消瘦
黑夜中圓亮光明
我曾經也是那能炫耀瘡疤的人

可是貓　你已然遠行
留下一身黑毛衣上的白毛
指甲屑　陽光過期的氣味
淋濕的印記結了塊　埋葬時間的沙

# 你從哪裡來

下雨了
煙雨細細　碎掉的街
街旁的路人送我一把傘
「你要去哪裡？」
我要去臺北，
我要去臺北。
雨傘一把兩百元
晴天有折　雨天沒轍

雨停了
細雨慨慨　行路完整
收了雨傘
便忘了傘的花色
天空上面　還有天空
路的盡頭　還有路口
「下個路口右轉。」
我要去臺北，
我要去臺北。

天黑了
夜半睡著了的紅綠燈
紅色的眼眨呀眨
街道也睡了
菸屁股在路邊跳著

臺北在哪兒？
臺北在哪兒？

天亮了
101頂端的霧散了
我抱著雨傘睡醒了
今天也會下雨吧
把兩百元傘留在路邊
與菸屁股作伙
「你從哪裡來？」
我從臺北來，
我從臺北來。
臺北在哪兒？
臺北在哪兒？

下雨前、雨停後，馬路邊
左街口、右屋簷，抽根菸
天黑後、天亮前，一宿無眠
我要去臺北，
也從臺北來。

# 比方說

比方說
你睡不著　騎腳踏車
機車上的女人說
「好不快樂……」
她靜止的時候，你超速　追不上她

比方說
你睡不著　騎腳踏車
那隻老人的狗已連續三天在晚上十一點散步

是狗失眠　還是夜
牠四腳著地的時候，你的步伐凌亂

比方說
你睡不著　騎腳踏車
那間深夜才營業的酒店外
男人說　「憑什麼我總要被一再拜託……」
那醉得走不動的女人只記得如何親吻
他們所說的我愛你太輕
綠燈時便如菸消散

比方說
你睡不著　騎腳踏車
今夜播的是那首 cover song 的還原

你學會用老式打火機
指腹痛　第一次點菸
反竄的原創　無所謂初體驗

比方說
你睡不著　騎腳踏車
關了門的花店開著燈
他賣的時鐘永遠指向十三點又五分
你想買朵向日葵
想起你今天對女孩說　所有液體的流動都依賴太陽

# 無題

如果潮濕　就讓雨下
因為太亢奮　無意喝了三杯咖啡
吃兩餐桌的飯無非
為說兩次好吃　熱量浪費
夜了睡兩張床　只為分攤睡眠
夢著的時間比醒時醒　意識導向無意識的目的地
如果喝了三杯咖啡　失眠就好
如果雨下　就潮濕吧

收起雨傘　聚會後隊伍閒散
別騎車了　騎車也沒所謂目的地
你找了淋不到雨的停車格
在煙霧偵測器下喫朝鮮菸
鐵道去不了遠方　儘管語言相通
如果耳鳴　就讓單曲循環吧
歌詞生藻　音的海浪潮起又往
哭好了就好了
天氣與泣　那是咖啡加檸檬的無妄

如果喝了三杯咖啡
只要說你睡不著就好
如果餓　別幫我留飯菜就好
如果雨　讓我學會自己撐傘就好
花五十元顯像

三十元保留戶籍
一點五小時維生
半夜三點失眠
發芽的枝芽沒有開花痕跡
雨後的座墊沒有沉重餘溫
哭好了就好了
雷打過就停了
誰可能受傷
死亡與快樂的機率相仿
極樂地並非安樂窩
那片銅還沒鏽便被撬開
六十萬分之一機率　意識之流導向你

我有電
醒著的時候別靠近

# 免洗用具

忘了帶過夜包
下了雨　找了張床
闔眼前
視網膜泡進灌飽自來水的按摩浴缸
明天還能再見嗎
不再能盥洗的
盥洗衣物
不盥洗的狀態

黏著於膚

忘了帶湯匙
折起瓶蓋充飢
丟了零錢
往水溝裡許個好死的願
中元普渡
繳管理費的人家不生財
死得瞑目

貼上蘊過非生理食鹽水的視覺
還沒更衣
便與誰訣別
過夜包與湯匙之後
明天原封不動地來

# リアル（真實）

（一條線是生，
兩條線是死。）

血是真實
而血的字形為虛構

近乎嘔吐的舒適感
發燒程度的冷靜
刀割臂彎的痛快

全身赤裸的遮蔽

一小時後的電車音
我所不存在的街道上
人在地底滾動
矩行裡的非矩形
規則下的非規則

血是魚
你的瓊漿是秋栗
雨後蒸騰的地氣
蒸騰後不再屬於地。

（一條線是死，
兩條線是生。）

# 刺蝟登門拜訪

今天臺北有雨，密密雨絲如霧、如針。

雨如松針降落肩膀，細細密密覆蓋全身，不撐傘如我，在雨中成了刺蝟。
雨帶著我進教室，針葉遮去了我柔軟皮囊。
狼狽與躁鬱之外，其實我願給予更多脆弱與溫柔。
原諒我在這樣下雨的天裡，試圖擁抱誰的時候，總是相互刺傷。

刺蝟牠常登門拜訪，不請自來。
多數時候，人們將我誤認為刺蝟。作為一只寄居在刺蝟身體裡的蟹，我並不懂得人們說一扇門關起、另一扇門開的道理。
自從那間喜歡的咖啡店歇業後，故事或許轉移，
遺落在店裡的皮屑卻一同被埋葬了。
柔軟的殼、尖刺的殼，儘管囊裡睡著的孩子同樣脆弱清白，
在雨中，依舊是那附著於土地上、扎人的刺蝟。

原諒今天，刺蝟又登門拜訪。

你安慰我刺蝟終究還是只可愛的動物，包紮我身體上的刺點。
然而生活，既然已如此選擇，便必然有那咄咄逼人的時刻。

當刺蝟登門拜訪，豎起汗毛上的針，柔軟的囊在雨中哭泣著。
哭泣很好、刺很好、雨很好。

後記——

# 我喜歡的那些人都二十歲了

那些喜歡的人都滿二十歲後，只有我一個人在島上感受著大地震。

作為僅存幾個被擱置在十九歲的人，我往往有種被拋下的感覺。處於十八與二十兩種「成年」的中間，十九歲是在候診室裡等待注射預防針，用沾了酒精的棉花在皮膚上劃圈，感到冰涼，然而痛楚尚未襲來。等待著等待、緩慢結束著一種開始。我討厭十九歲，質數使我感到孤單。這世界依然在搖晃著，那些早我前往二十歲的他們已習慣了日子的顛簸，徒留我一人在街頭恐懼地呼喊。

統計資料顯示，臺灣每個月會發生六十六起以上的地震。我害怕地震、害怕那些本該定點的東西移動起來；害怕同一個世界中，有些人為著什麼尖叫、而有些人卻不。我害怕計畫地震來時，第一通電話該打給誰，害怕想像自己會在哪裡、是否赤裸著身體，也害怕準備脫身時的簡便行囊。出生在世紀末的我們，早內建了與地震和平共處的基因，學會在本就歪斜的風景中生活，愈發忽略隨時可能臨頭的災難，這樣的遲鈍使得我們的未來安逸長遠。我們的二十代，失去了一頭能夠共同恐懼的怪獸。如今只剩下我可以看見怪獸了，因此，我要趁著還能看見的時候，繼續向我所愛的人描述他們也曾害怕的牠。

正是那怪獸帶著我們認識這個世界。曾經，我們藉由害怕一切事物，去正視自己對世界的陌生。如今學會了假裝勇敢的把戲，勇敢讓人近視，把安全與危險、過去與現在混為一談，使最後的一切都不再重要了。那些年滿二十歲的人，想必早忘記了我們曾一起參與的地震演習。

前幾天臉書跳出通知，提醒今天是失聯已久的摯友二十歲生日。我想起我們曾在同間熄了燈的白天教室裡地震演習：平靜的校園裡警報器響起，鄰座的我們抱著成語字典埋伏桌底，透過桌椅的橫木相視而笑。將未來的危難視為玩笑是奢侈的，而那樣的奢侈便是童年。這樣的童年該斷在哪裡？這次將由我們自己剪去幼年的臍帶。會痛嗎？會流血嗎？麻木比他人晚，於是滯留於十九歲等待針筒戳進血管。

等待是詩意而可怕的，因此我寫作，寫作為自己注射。若要以一種畫面形容童年逐漸遠去的光景，記憶最鮮明的是小學低年級。那陣子受同儕排擠，班上女生老愛在全班整隊下操場時，在樓梯間默默踩掉我左腳的鞋子。扭著左腳跟、望人群從眼前咚咚跑去，爾後所有別離時分，我的左腳跟總顯疼痛。那與我目送喜歡的人成年是相仿的感覺。

二十歲以後就不能夠再感到害怕了，不能憑空捏造、不能貪生怕死。小時候害怕一個人睡覺，和家人約定了自己睡一晚可以換得一百塊，為著這標了價的恐懼，床榻在黑夜中顯得如此渺小、天亮後的百元紙鈔如此閃耀。那些過度放大與縮小的回憶就是我所說的故事，這些故事是童年怪獸的指甲皮屑。如今二十歲的他們，我曾那樣喜歡一起擔心懼怕的日子。後來他們都有了能自己入睡的訣竅，用儲物箱趕走了床底下的怪物，儲物箱裡收妥了曾經把玩的小玩意兒，於是便能空出手來拼湊更大而遙遠的世界了。從今以後，我該到哪裡為朋友們吹熄蠟燭、說些無傷大雅的鬼故事呢？誰都不曾再感到害怕或重要了。

我喜歡的那些人都二十歲了，獨留我還十九歲，常常在半夜驚醒打開手機，恐慌地傳訊息告訴他們：「地震了，你有感覺到嗎？」然而他們早搭上勇氣的船，離開我們共同建立的怪獸之島了。那座二十歲前的島嶼上有我們害怕的怪獸正在肆虐，震動著柔軟的地面。我們曾打打鬧鬧地學會如何避難、練習島上的生存指南，然後任誰也終要乘著船回到真實而更龐大的世界裡，那片陸地多得是比地震更安靜而複雜的東西。如今我坐在渡口，等候自己那艘遲來的船，並在等待之際速寫著將要遠去的恐懼，以及我所喜歡的人們，曾經和我一起顫抖的身體及相濡以沫時臉上的神情。

很快地，我便將永遠無法想起為何小學時，自己總是丟失左腳的鞋子。遺忘容許我們彼此原諒，並且在遙遠的彼岸以新的臉孔相識。在此，我的這些手記與速寫，將會在抵達二十歲的航線中沉入汪洋。我感受著此際一個人的戰慄，而它們也只不過是我生命中的一陣寒顫而已。

於是接走我的那艘船隻也將要駛來。

二〇一九年六月

# 特別感謝

爸爸、媽媽，謝謝給予這樣任性的我嘗試期，並永遠做最強後盾，給我一處能回的家。

昀妘、典、樂恩，所有深愛的朋友們，我們都會改變，但在分離之前，我要耗盡一生去記得我們每刻的模樣。

臺北，收留了我十九年，所有截至今日的故事，它們將做為你贈予我的紀念物。

來自另座城市的你，謝謝你來到這裡，成為我一切快樂、困惑與憂傷的泉源。

謝謝機緣與選擇，所有人物、事件與時間，都是現在的我能佇立於此的原因。

翻開這本書的你，謝謝我們在這龐大尚且無力的世界中，有幸能共享彼此刺痛而真實的故事。

# 刺蝟登門拜訪

作　　者 | 許瞳 Hitomi Xu
發 行 人 | 林隆奮 Frank Lin
社　　長 | 蘇國林 Green Su

出版團隊
總 編 輯 | 葉怡慧 Carol Yeh
企劃編輯 | 陳柚均 Eugenia Chen
責任行銷 | 朱韻淑 Vina Ju
封面裝禎 | 高偉哲 Weiche Kao
版面設計 | 黃靖芳 Jing Huang

行銷統籌
業務處長 | 吳宗庭 Tim Wu
業務主任 | 蘇倍生 Benson Su
業務專員 | 鍾依娟 Irina Chung
業務秘書 | 陳曉琪 Angel Chen・莊皓雯 Gia Chuang

發行公司 | 悅知文化　精誠資訊股份有限公司
105台北市松山區復興北路99號12樓
訂購專線 | (02) 2719-8811
訂購傳真 | (02) 2719-7980
專屬網址 | http ://www.delightpress.com.tw
悅知客服 | cs@delightpress.com.tw
ISBN：978-986-510-007-0
建議售價 | 新台幣300元　　　首版一刷 | 2019年07月

國家圖書館出版品預行編目資料

刺蝟登門拜訪 / 許瞳著. -- 初版. -- 臺北市 : 精誠資訊, 2019.07
面；　公分
ISBN 978-986-510-007-0 (平裝)

863.55　　108007729

建議分類 | 華文創作